斎藤茂吉

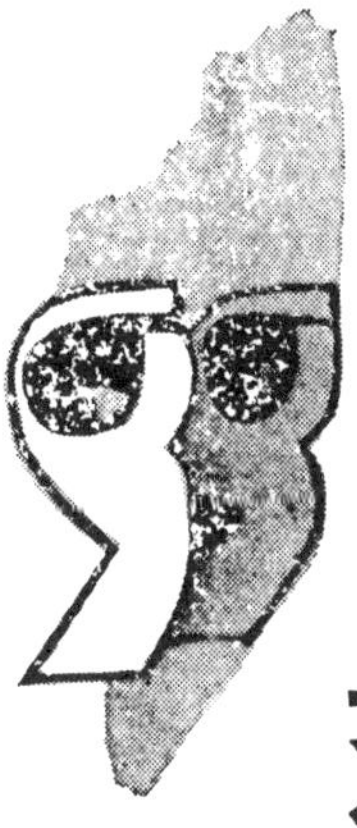

斎藤茂吉

●人と作品●

片桐顕智著

CenturyBooks　清水書院

原文引用の際，漢字については，
できるだけ当用漢字を使用した。

序

斎藤茂吉の人間や著作に関する研究は、生存中にも見られたが、死後、年を経るとともに、ますます盛んである。茂吉七十余年の生涯が、いかに偉大であったかを物語るものである。

茂吉の歩んだ道は、医師の道であったが、文学の道においても大成し、一代の巨匠《きょしょう》となった。歌人茂吉の名は、近代短歌史の上に、巨星のごとく輝いている。茂吉は、近代短歌の新風を樹立したばかりでなく、歌論、万葉集研究、随筆など、各分野にわたって、それぞれ独自の業績を残した。処女歌集「赤光《しゃっこう》」の出現は、歌壇はもとより、いかに広く文壇の若い文学者に大きな影響を与えたことか。正岡子規の根岸派を継承し、伊藤左千夫に師事し、実作ばかりでなく、歌論においても画期的な道標をうち立てたのである。写生論を発展させ、実相観入の説を唱え、アララギ派の作歌指針の基礎を作ったばかりでなく、広く歌壇に影響を与えた。また、万葉集や万葉派歌人の評伝評釈に独自の見解を示したり、柿本人麿研究調査に心血を注いだりした。さらに、エッセイにおいても、ユニークな文才を発揮して、その人生哲学を吐露《とろ》した。斎藤茂吉全集五十六巻に収められたこれらの労作は、それを物語っている。

したがって、茂吉研究は、多面に分かれることになる。どの分野をとりあげても、それは研究対象となるからである。しかし、本書では、第一編で歌人茂吉の生涯を、伝記風にたどり、その著作を引きながら、歌風の変遷をみていくことにした。第二編では、茂吉の代表的な秀歌を抜いて、その解説と鑑賞を行なった。いわば、人と作品の輪郭《りんかく》を紹介するように努めたわけである。

私は茂吉と面識を得たのは、放送をお願いすることからであった。露伴・鏡花・白鳥・荷風といった文学者は、一度は放送に出られたことがあるが、茂吉は丁重に断わられて一度も放送しなかった。ただし、新年などにはいつも詠草をいただくことができた。茂吉との関係は、それだけである。

茂吉の人と作品を書いていると、私の茂吉観は、次のようなことであった。茂吉という人間は、郷土的なものと市民的なもの、素朴なものと知的なもの、自我的なものと万有的なもの、伝統的なものと近代的なもの、そういった二つの面を包含している。茂吉特有のスケールの大きさがあり、茂吉の魅力がそこにあると思った。もっとも特殊的なものは、もっとも普遍的である。茂吉研究の問題領域は、複雑で多面的であるが、多くの学問的研究主題を得ることができた。

本書を執筆するに当たって、各方面のご協力ご教示を得た。佐藤佐太郎・鈴木啓蔵・斎藤茂太・伊馬春部《いまはるべ》・本林勝夫・藤岡武雄・井上東・杠葉《ゆずりは》輝夫の各氏の著作、資料に負うところが大きい。また本文中の写真は、現地に二回訪れて私が撮ったもののほかに、前記斎藤茂太、鈴木啓蔵、伊馬春部、藤岡武雄の各氏と近代文学館をわずらわした。あわせてここに特記して、厚く感謝の意を表したい。

昭和四十二年　初春

片桐顕智

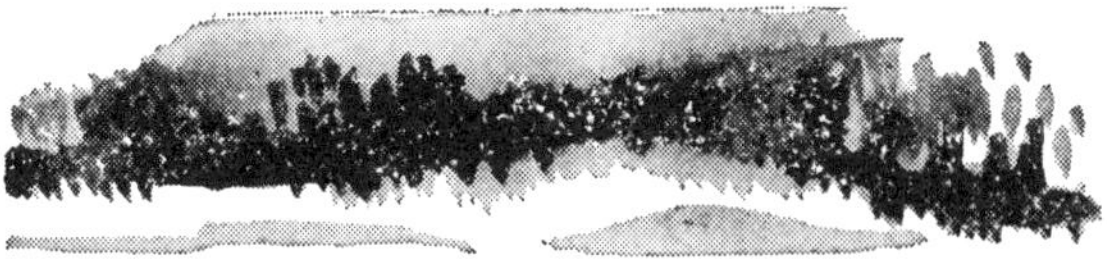

目　次

第一編　斎藤茂吉の生涯

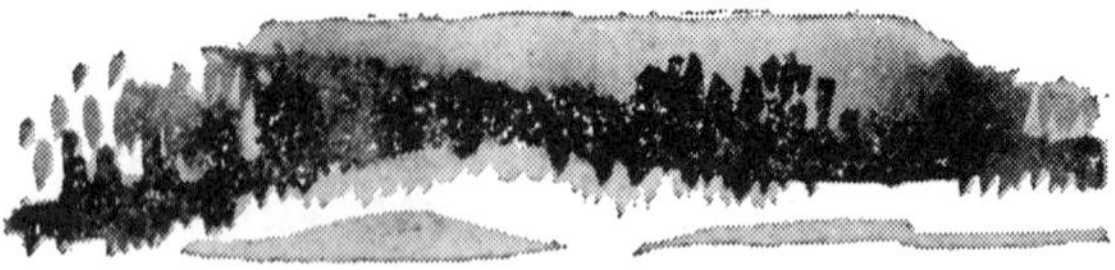

第一編　斎藤茂吉の生涯

茂吉のふるさと

みちのくの金瓶村の朝ぼらけ黒土のうへ冴《さ》えかへりつつ

斎藤茂吉《もきち》は、明治十五年五月十四日、当時の山形県南村山郡堀田村大字金瓶《かなかめ》字北一六二番地に生まれた。

ふるさとを訪ねて

その金瓶部落は、堀田村の一部落であって、奥羽本線蔵王駅から三キロメートルの地にある。蔵王の山裾がゆるやかにのびひろがったところで、最低の海抜が一九四・七メートルという。その金瓶部落は、今は上《かみ》山《のやま》市となっているし、さらに沿革史を繙《ひもと》けば、次のように記《しる》されている。旧幕時代は、佐倉藩主堀田相模守《さがみのかみ》の領地であって、旧領主の名に因《ちな》んで堀田村と命名された。明治二十二年、町村制施行に際して、金瓶・上野・成沢の各村など合併し、堀田村となったわけである。大字の名は、桜田・飯田・山田・金瓶・成沢・半郷・上野・堀田・蔵王と九つある。部落数は十九にのぼり、全人口は七千を越えたが、昭和二十五年十月、蔵王山が、新日本観光地百選で、全国第一位に入選した記念に、村名が堀田村から蔵王村に改称された。さらに、昭和三十一年十二月山形市合併、翌三十二年三月市町村合併で上山《かみのやま》市が誕生し同市に合併されることになった。茂吉の生家の住所は、現在の上山市金瓶北一六二番地ということになる。

茂吉の生まれた月である五月のはじめ、私は茂吉のふるさとを訪れた。上山温泉で客衣を解いて金瓶を訪れたわけだが、汽車で行くならば奥羽本線蔵王駅で下車するところだろう。五月のみちのくは、夏にはまだ早く、晩春といった風光である。蔵王の雪もようやく消え、桜も散って葉桜の季節である。しかし、奥羽本線で山形県にはいると、板屋峠は、まだ山桜が満開で、姫辛夷《こぶし》が白く咲いていた。山形盆地にくると、桐の花はまだ咲かないし、郭公《かっこう》も鳴いていないが、木々の若葉は水々しく、桜桃《おうとう》の白い花がまっ盛りである。

　上山市から産業道路を走り、右手に三吉山《さんきちやま》・蔵王・龍王と高くそびえ立っているのを見ながら、須川《すかわ》の酢川橋を渡り、蔵王ゴルフ場入口の反対の方へ国道を左へはいると、細い道がつづいている。上山市の北端の部落である金瓶である。道は赭土《あかつち》で狭いが、両側に、門《かど》川《かわ》が淙々《そうそう》と清冽な水の音を立てて流れている。南北四十キロメートルの山形盆地が、ここから見渡せるところである。茂吉の妹、なをさんが、畑で草採りをしている。おだまきの花はまだ咲かないが、木瓜《ぼけ》が真紅に咲き乱れ、雪柳が、雪をかぶったように真白に咲いて風になよよとなびいている。小路の右側に、妹なをの嫁いだ斎藤十右衛門の家があり、それと並んで生家、小学校跡、宝泉寺とつづいている。生家は門と右側の土蔵が昔のままで、住宅は右側の土蔵跡を残して改造

上山市　金瓶全景

されている。昔のやしきは、かまど跡が残っている。宝泉寺に行く左側に湯殿山の神社がある。この寺や神社は、幼少のころの茂吉の遊んだところである。宝泉寺は昭和十七年浄土宗になったが、以前は時宗一向派の寺である。

まず宝泉寺を訪れる。時宗金峰山宝泉寺は佐原窿応《さわらりゅうおう》和尚《おしょう》が再建した本堂で、中林梧竹《ごちく》の「金峯山《きんぷさん》」という字があざやかに目に映る。茂吉のよく遊んだ寺、梧竹と茂吉を結びつけて、書道に眼を開かせてくれた窿応和尚、地獄極楽の画とそれをよんだ茂吉の歌などが、すぐに頭に浮かんでくる。地獄極楽の絵は正月十六日と八月十六日にだけ公開されるとかで見ることはできなかった。宝泉寺の本堂に向かって左側に、「のど赤き玄鳥《つばくらめ》二つ屋梁《はり》にゐて足乳根《たらちね》の母は死にたまふなり」の歌碑が建つことになっている。左の奥の崖《がけ》に面してアララギを背に茂吉の墓がある。東京青山墓地の墓と、分骨されたここの墓である。茂吉が、昭和十二年五十五歳のときに書いた文字が、墓石に「茂吉之墓」と刻まれているだけである。実家の守谷家に預けられていたものである。茂吉があらかじめ植えたアララギが大きく墓の後に立ち、前には、馬酔《あし》木《び》の小木が白い花を垂れていた。

茂吉の墓のわきに、「赤光院仁誉遊阿暁寂清居士《しゃっこういんじんよゆうあぎょうじゃくせいこじ》」の墓標が建てられてあって、その墨のあともまだ新しい。

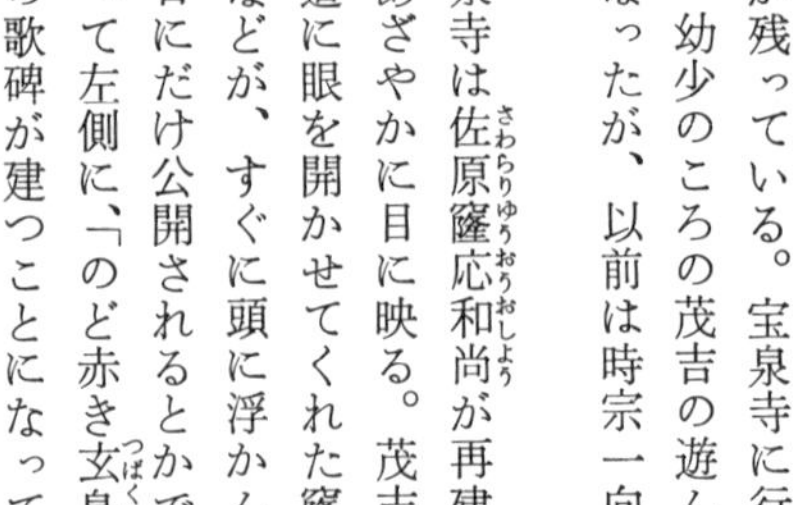

宝泉寺全景

茂吉が最後まで清交を結んだ窿応上人の墓とともに、宝泉寺の一隅にあるのも奇《く》しき因縁を物語っている。

お墓にお参りして、山形盆地を見おろすと、昔の火葬場も田の中に見える。龍山《りゅうざん》の山脈が、高い寺の屋根の脇に連なっている。煙を吐いて奥羽線の貨物列車が走っている。宝泉寺の隣が小学校である。その面影もないくらい朽ちているが、茂吉が小学校四年まで通った学校である。明治村が買いにきたとかいわれるが、ここにおいておきたいものである。

もう一度生家に足をむける。昔のままを伝えていないが、茂吉の幼少時代の面影を偲ぶに足りる。

ほそくなり道《みち》のこり居《お》りいとけなく吾《われ》はこの道《みち》を走りくだりき
稚《おさな》くてありし日《ひ》のごと吊柿《つりがき》に陽《ひ》はあはあはと差《さ》しゐたるかも
ひむがしゆ下りくだりて幾川は金瓶村のあひを流るる
みちのくの山形あがたの金瓶は山鳩ちかく臥処《ふしど》にきこゆ
白萩は宝泉寺の庭に咲きみだれ我鬼《がき》にほどこすけふはやも過ぐ
ふるさとの蔵《くら》の白《しら》かべに鳴《な》きそめし蟬《せみ》も身《み》に沁《し》む晩夏《ばんか》のひかり
金瓶にあした目《め》ざめて煤《すす》たりし家の梁《うつばり》をしばし見て居り（生家）

土屋文明《つちやぶんめい》の「生家訪問記」によると

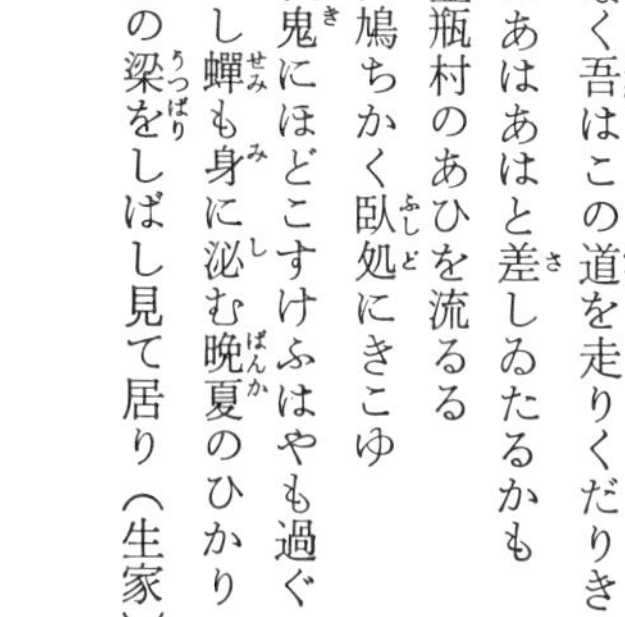

「生家は窿応和尚の居つた、村のお寺のすぐ上であるが、寺よりもはるかに大きな家であるといふことは、かねがね聞いて居つて、先年急行車の通つた時に、車中からその屋根だけは見たことがあつた。広い土間に、竈《かまど》のならんで居る様子など『僕の育つた頃と余り変つて居ないね』」

とある。

茂吉の父は、金沢家の次男で熊次郎といい、守谷家に養子にきたものである。生家から離れた国道寄りに、その金沢治右衛門の家がある。

現存する茂吉の生家

茂吉の系譜

斎藤茂吉は、明治十五年（一八八二）五月十四日、山形県南村山郡堀田村大字金瓶字北一六二番地（現在山形県上山市金瓶北一六二番地）の守谷家に、守谷熊次郎（後に伝右衛門）三十一歳、母いく二十七歳の三男として、呱々《ここ》の声をあげた。

明治十五年といえば、今から八十五年前である。明治期の目まぐるしい変遷は、五年一変説が妥当であるとすれば、あたかも十五年は、その転換期である。

自由民権運動は、二十三年に国会を開設するという勅語で、政党結成期に入るし、それに備えた伊藤博文らは、憲法調査のため渡欧することになる。また、文学史上では、明治十五年を境として、戯作文学から翻訳文学、新作文学に移っていく。この革新期において、文学利用の立場から文学重視の考え方が現われ、西洋文学が根をおろし、日本文学に影響し、大きく日本文学を変化させた。新しい文学観に基づいた西洋詩の移入が井上哲次郎、外山正一《とやましょういち》、矢田部《やたべ》勁吉《けいきち》らの「新体詩抄」の宣言となって、近代韻文学革新の第一声となる。いわば文学でも革新が具体化され、近代文学の芽生えが起こってくる時期であった。

生母守谷いくと茂吉

　山形の片田舎に、明治十五年の中央における時勢が、すぐに浸透してきたわけではないが、とにかく、時勢はそうしたものであった。

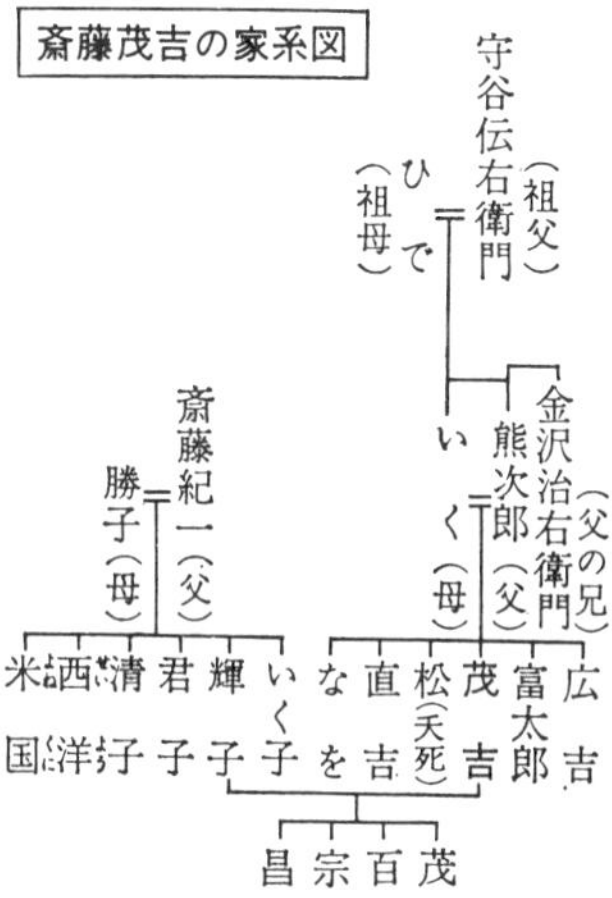

　茂吉が生まれた当時の家族には、長兄広吉《こうきち》（八歳）次兄富太郎（六歳）と曽祖母ちん（六十四歳）祖父伝右衛

門（四十七歳）祖母ひで（四十七歳）の七人がいた。守谷家の戸籍謄本を見ると、三男茂吉は、明治十五年七月二十七日生まれとなっている。「念珠《ねんじゅ》集」によれば、明治十五壬午《みずのえうま》年三月二十七日出生のいわれが書いてある。この日付が旧暦で、新暦に改めたのが五月十四日であるし、戸籍面の記載は、届け出がおくれたためである。

命名は守谷茂吉《もきち》義豊である。義豊という諱《いみな》の由来については、父の実兄で叔父にあたる金沢治右衛門が「猪之助義泰」と命名されたのに因《ちな》んで、その例にならったものかも知れない。しかし、茂吉は「シゲヨシ」でなく「モキチ」であって、幼童時代は、「モキッツァン」である。これについて、斎藤茂太《しげた》（茂吉の長男）の語る話によれば、「モキチ」が本名であるが、斎藤紀一の養子となり、医者となるに及んで、紀一が、モキチでは田舎臭いから「シゲヨシ」に改名させたというのである。茂吉夫人も「シゲヨシ」とよび、外国留学のパスポートも、留学時代も「シゲヨシ」で通した。

茂吉の生家、守谷家の人々
前列　左から３人目父熊次郎、６人目母いく
後列　左から妹なを、長兄広吉、１人おいて次兄富太郎、弟直吉

茂吉の生まれた当時の守谷家は、大家族であったが、祖父守谷伝右衛門の時代で、父熊次郎は明治六年、金沢治右衛門弟の身から養子となり、明治二十五年相続、二十七年十一月に伝右衛門と改名している。守谷家は、自作農地一町八反（一、八ヘクタール）、年貢米百俵以内の農家で、農事のほか養蚕もやっていたというから、中農以上の農家というべきであろう。茂吉が生まれたあとに、妹松《まつ》が生まれたが夭死し、続いて茂吉が五歳のとき直吉（現在高橋四郎兵衛）が生まれ、九歳のとき、妹なをが生まれている。

茂吉の生まれたときの出産祝について「念珠集」に次のように記されている。

「明治十五壬午年三月二十七日出生。守谷茂吉義豊。安産見舞受帳。小王余魚七枚、菅野弥五右衛門。金二十銭外に味噌一重、金沢治右衛門。金十銭、鈴木庄右衛門。金十銭、鈴木作兵衛。金十銭、斎藤三郎右衛門。鰹ぶし一本外に味噌一重、永沢清左衛門。焼かれい三枚、松原村山本善十郎。金五銭、斎藤富右衛門。金十銭、大沢歳兵衛。以上である。同じ村から八軒祝をもらつてをり、他村から一軒貰つて居る。他村の松原村と記してあるのは、母の姉が嫁入つたところである。それから最後に大沢歳兵衛とあるのは父の弟で、漆《うるし》の芽で僕の腕に小男根を描いてくれた童子の父である。明治十五年頃の東北の村ではこんな程度であつた。」

茂吉の父の帳面の記録であるが、金沢治右衛門は、伯父《おじ》で、父の実兄になるわけである。

茂吉の父母とはどんな人であったろうか。父伝右衛門は、四十五キロぐらいの小男で痩《や》せた人であった。痰《たん》持ちで、長い間悩んだ。酒を飲まず、たばこも吸わなかった。好物の納豆《なっとう》を願をかけて断ったくらいだから、痰持ちには困ったのだろう。父は、田植え踊りを習ってその女形《おやま》になったり、農兵になって砲術を習ったり、おいとこ、しょうがいな、三さがり、おばこ、木挽《こびき》ぶしを何でも歌った。窿応和尚から草稿を書いてもらい、政談演説をしたり、剣術や植木に凝《こ》ったり、和讃《わさん》、念仏にも凝り、また穀断《ごくだち》、塩断《しおだち》などもやった。凝り性であり、激しい気性の人であった。

母の方は、六十キロを越す大女であったが、歌も歌えず、口数は少なくやさしい人であった。各地の不動尊に毎月参詣して、茂吉がりっぱな成人となるように祈ったといわれている。要するに、対照的な夫婦であった。茂吉の性格は、茂太によれば、粘着性性格であり、中枢自律神経過敏症であるという。凝り性であり、怒りっぽい。また、茂吉の体質は、気候、温度に敏感で、デリケートな皮膚感覚を持ち、お天気具合に左右され、小便が近かったそうである。母は、中風になるが、茂吉の性格、体質は、父母からそれぞれ受け継がれたものといえよう。父の凝り性、癇癪《かんしゃく》持ち、母の敏感な体質は、茂吉によく現われているわけである。とにかく、芸能はともあれ、文学に縁のない善良で勤勉で、しかも時宗の信者として信心深い農民夫婦の子として、茂吉は生長していくのである。

小学校時代

幼年のころの茂吉は、一見、ひよわな腺病質《せんびょうしつ》のこどもであり、「やん目」といわれた眼病をわずらうこどもであった。それに、寝小便(小便むぐし)をする夜尿症《やにょうしょう》があった。茂吉は晩年まで、この小用が近いことはなおらなかった。「浄玻璃《じょうはり》の鏡」（昭二十五・五）に、茂吉は、そのことについて、次のように書いている。

「私は小さい時分に、よく寝小便をした。夏の日には、毎日川に行って水泳ぎをするので、その頃は毎晩のやうに寝小便をした。田舎のことで誰もかまつて呉れぬので、朝になると、そつと小便に濡《ぬ》れてゐる布団を土蔵の脇の竹竿にかけて、それから学校に行つたものである。それほど大きくなるまで寝小便をした。しまひには、小便をする夢を視《み》てゐて、それが夢だといふことが、うすうす分かる程になつた。」

父が痰《たん》でなやんでいたときの子だから、小さい時は腺病質でひょろひょろしていたと「念珠集」では述べている。しかし、痰持ちの父の薬ともいうべき水飴《あめ》を盗んでなめたり、生薑《しょうが》の砂糖漬けを盗んで食べたりしている。活気のあるいたずらっこの幼児でもあった。明治二十一年、茂吉は宝泉地内の金瓶尋常小学校に入り、途中、町村合併のため隣村半郷《はんごう》小学校（現在山形市蔵王）にかわった。そして、二十五年には、上山小学校の高等科に進んだ。

半郷小学校へ通ったころのことを「念珠集」で思い出ふうに書いている。

「学校まで小一里あつた。雪の深い朝などには、せいぜい炭つけ馬が一つ二つ通るぐらゐなところで、道がまだ付いてゐない。雪が腰を没すといふやうなことは稀でなかつた。子供等は五六人、固まつてその深雪を冒《おか》して行くのであるが、ひどく難儀をしたものである。途中で泣出して学校に行着くまで黙らなかつた子どももゐた。」

けれども、早春のきざしの雪解けがはじまると、長い冬から待っていた北国の春が一時にやってくる。山村の野原には雲雀《ひばり》がさえずり、閑古鳥のなくこえは谷間からこだまのように響いてくる。楢《なら》、櫟《くぬぎ》の若葉が、水々しいみどりにもえてひるがえるころ、同じ道を行きかえりして、道草《みちくさ》をくって、子供らしい悪戯《いたずら》がはじまるのである。それが蒿《こう》じて、漆瘡《しっそう》ができたのも、このころのことである。

茂吉は、少年のころから絵心があった。十歳前後から、毎日、春近くなると凧絵《たこえ》を描き、村の仲間に一枚一銭で売って本や雑誌を買ったといわれている。また、習字も得意で、食事をしながらも、また人と話している間でも指で空に文字を書いていたという。相撲《すもう》や戦争ごっこをして遊んでいるかと思うと、また、宝泉寺に通い「日本外史」を学び、それをそらんじているのだった。

田螺《たにし》を拾いながら、蛭《ひる》にくわれて気がつかず、気がつくと蛭はまるまると血を吸っていたりするゆったりした面があるかと思えば、せかせかと落ちつきなく、飯粒をしきりに落としながら食事する茂吉であった。

宝泉寺隣の金瓶尋常小学校跡

いま少し気を落着《おちつ》けてもの食へと母にいはれしわれ老いにけり

茫洋《ぼうよう》としている面、一徹な激しい面、気忙《きぜわ》しい面、重厚な面、そういった多面的な性格や禀質《りんしつ》が、未分化のまま茂吉のなかに混沌としていたのではないか。

明治二十九年春には、上山尋常高等小学校を卒業することとなった。茂吉は「山蚕《やまご》」のなかで、その当時のことを回想している。

「僕は高等小学校を卒業しようとしたころ、将来にいろいろの空想を有《も》つてゐた。併《しか》し直ぐ中学校などに入学させては呉れなかつた。僕は小学校のかへりに春も追々深くなつてゆく林中に寝ころんで、ひとつ絵かきの修業にでも出掛けようか、それとも宝泉寺の徒弟になつてしまはうか。或はここの新道のところで百姓をしながら山蚕でも飼はうか。そんなことを思つて時を過すことが多かつた。僕の寝てゐる林中には、もう山蚕は余程大きくなつて幾つも動いてゐるのが見えた。」

戦後、大石田に疎開し、聴禽書屋《ちようきんしよおく》の二階で画筆に親んだ絵画は、非凡であるといわれるのも、少年時代のこうした素質が性来のものであったためである。画家・僧侶・農民の三つの前途に茂吉は迷った。また、それは両親にとっても頭を悩ます問題であった。長兄の広吉は、農家の長男であることから宮城農学校に進んだが、次兄の富太郎は高等科二年で中退して農事にいそしんでいた。成績のよい三男の茂吉をどうしたらよいか。茂吉がいろいろと考えあぐんだように、両親も迷ったが何の方針もなかった。

時勢からいえば、国会は開設となり、日清戦争の勝利で、国威は発揚し、藩閥政治であるが、民意も伸長しつつある時期である。明治十九年ころになると、今までの盲目的な欧化主義も一段落して、日本主義の自覚が起こり、伝統的価値が再認識されてくる。前途有為の青年が、希望をもって、中央に志を抱く機運も高まっていた。文壇をみると、坪内逍遙の「小説神髄」(明治十八年)によって提唱された近代小説は、その実践期に移っていく。明治二十年代は「硯友社《けんゆう》」の文学運動も起こり、尾崎紅葉・山田美妙らが活躍するとともに、森鷗外・幸田露伴・樋口一葉らも作家活動をみせ、二十年末には、露伴・一葉時代を現出してくるのであった。このようにして、文学の革新も着々と進むとともに、国文学・和歌文学が隆盛となってくるときである。いわゆる新派和歌運動が興り、落合直文の浅香《あさか》社(明治二十六年二月)が結成され、多くの若い俊秀がその傘下に集まってくるし、和歌文学の改良論や革新論が数多く展開されてくる。

こうした中央の動きはともかく、高等小学校を出た茂吉の胸にも、何か欝勃《うつぼつ》たる向上心が湧いていた。そして、茂吉にとっては自分の運命がひらけることが起こったのである。

上京

七月、学校を出て数え年十五歳となった茂吉は、父に連れられて出羽《でわ》の湯殿山《ゆどのさん》に参拝することになった。小学校の遠足には遠出したものの、はじめての旅であった。湯殿山から帰ったころ、茂吉は上京することとなったのである。斎藤三郎右衛門の家から出て親戚にあたる斎藤紀一が、東京浅草で医師を開業していた。つまり画家・僧侶・農民のいずれかになろうとしていた茂吉は、医師になろうと決心したのであった。佐原窿応和尚の紹介と斎藤紀一のすすめであった。そして、紀一は、茂吉を東京に招いてくれた。もちろん、茂吉が知能にすぐれていることに目をつけ、東京の中学に進学させ、場合によっては、養子にしてもよいと考えたことからであった。

茂吉の上京の際のことは「三筋町界隈《みすじまちかいわい》」（昭和十二年）にくわしく述べられている。それによって上京の様子をみると、茂吉十四歳のとき、陰暦七月十七日午前一時（新暦の八月二十五日）父に連れられて家を出る。父は四十五歳だが、腰が曲がっていた。山形を出るころ、提灯《ちょうちん》を消し、関山峠《とうげ》を越えたが、分水嶺のあたりから疲れて足がはかどらない。何べんも休んだが、父は怪談をしながら励ます。それもききめがなくなるころ、たまたま騎兵隊の演習にぶつかり、元気を回復してくる。

第二日目は、広瀬川に沿うて、東北の城下仙台についた。旅館ではじめて、最中《もなか》という菓子をたべ、一日おいて仙台をたち、汽車で夜上野に着くことになる。東京に着いて世の中にこんな明るい夜が実際にあるものだろうかと思った。父と二人《ふたり》で、人力車に乗って、浅草三筋町五四番地の浅草医院である紀一宅に落ちついた。医院は、まだ宵の口なので、大きなランプが皎々《こうこう》と輝き、赤い毛氈《もうせん》が敷いてあって、万事が別天地な印象を受けた。仙台ではじめて口にした最中という菓子も、毎日食うことができる。浅草医院で当時流行医であった紀一が、どんな病人でも診察治療するのを見聞した。東北の農村から東京に出た茂吉にとっては、すべてが新しい経験であり、おどろきであった。

中学・一高時代

数ふれば明治二十九年われ十五歳父三十六歳父斯く若し

開成中学時代

明治二十九年九月、茂吉は、東京開成尋常中学に入学し、東京における学校生活の第一歩を踏み出した。中学時代の交友関係で、文学に対する関心は高められ、医師としての針路はもとより、歌人としての生涯を送る方向が定まってくるのである。

藤岡武雄の発見した新資料「黒ボタン」（開成学園八十周年記念誌「我等の開成」昭和二十六年十一月）で、六十九歳の茂吉は、開成中学時代のことどもを回顧して、次のように語っている。

開成中学校もすでに一世紀近い年代を経過して、社会に多数の有能人を送った事を思えば、まことに同慶に堪えない。私は明治二十九年九月に一学年に編入を許され、浅草三筋町の家から四年半ニコライ堂の下にあった学校に通った。当時の同級生には、吹田順助《すいたじゅんすけ》、村岡典嗣《むらおかつねつぐ》君などがいたが老境に入った今日、遠いその頃を回想するとまことになつかしい。

当時の校長は橋健三先生で、数学の宮本久太郎先生、漢学の石田羊一郎先生もまだずい分若く、元気盛んなところであった。そのころ制服は今日のような黒ボタン、ペンケン徽章、クツばきと定まっていたが、クツばきは当時の生徒たちにはなかなかキュウクツで、よくゲタばきで登校した。それを見つけられて校長先生によくわれわれはどなりつけられた。後に都下中学校の間で有名になった紅い大きな校旗はまだ無くて、われわれ生徒をさびしがらせていた。私の中学時代は、日清戦争のあとで日露戦争の前だったが、今日の日本はそれらとは反対の立場で講和条約の結ばれたあとである。今後ますます苦難の道をたどることになるであろう日本に、聡明《そうめい》にして道義観の強い少年が我が母校から数多く輩出《はいしゅつ》することを希《ねが》ってやまない。」

思い出であるが、鮮明な記憶が茂吉の脳裡に刻みこまれている。また、「三筋町界隈」にも、中学時代の回想を残している。一学年五級三之組に、二学期から編入学した茂吉は、黒ボタンの制服にペンケン徽章をつけた帽子をかぶって、通学した。また「私の困った学科」「そのころの想い出」のなかに、教師の教授ぶりや学科の得意不得意などについて述べている。特に影響を受けたのは、英語の田辺新之助、歴史の沼田頼輔《ぬまたらいすけ》、作文の佐藤仁之助、堀江秀雄であった。漢文は「日本外史」であったが、茂吉は郷里でひととおり読んできているから、他の生徒が難渋《なんじゅう》しているのを見ると、おかしいくらいであった。しかし、茂吉が「日本外史」を読むと、皆が一度に笑うのであった。何のために笑われるか、気がつかなかった。しかし、だんだんと、茂吉の素読が早口でモノトーンであり、鼻にかかるずうずう弁であることに気がつく。茂吉は、生涯、東京弁になろうとして東京弁になり得なかった。特に、郷里に疎開してからは、昔の方言生活そのものにかえってしまった。茂吉は学校で舌をペロリと出すので「ペロリさん」という愛称も受けた。

入学当時、茂吉は英語で苦労し、博物から歴史に興味を覚え、さらに作文に才能をあらわし、文学的傾向がみられるようになる。これと同時に、同級生間の交遊が、茂吉を文学の方向にむかわせる原動力となったのである。その友達は、同級生であり、通学方向が同じである連中で、渡辺幸造、斎藤源四郎らであった。二年になって、別々になったが、茂吉は、この二人と仲よくし、互いに励ましあって勉強した。源四郎、茂吉、幸造の三人はみな成績抜群で首席を占めている。渡辺幸造を中心として、さらに市来崎《いちきざき》慶一、松宮三郎らとのグループができ、その一群のなかに、茂吉はいた。これらは、みな地方出身者であり、話しことばにおいて劣等感を持っていた連中で、それが結びつく原因ともなっていた。

これに対して、村岡典嗣を中心に、吹田順助・今津栄治・江南武雄ら九名は、桂蔭会《けいいんかい》を結成し、回覧雑誌を作った。村岡典嗣は、リーダー格で、佐佐木《ささき》信綱《のぶつな》の「心の花《はな》」に歌を発表したり、読書・批評・創作などに、仲間と大いに活躍し、級友に与えた影響は大きかった。茂吉は、渡辺幸造(莨童)に、作歌の手ほどきを受けるのだが「校友会雑誌」には、作文を発表している。茂吉は、幸造の影響で、三年のときから短歌に対する関心を示しはじめ、次兄、守谷富太郎あて書簡に自作の歌を書くようになった。中学時代の茂吉の歌は、三十三首にのぼっているが、その作品は次のようなものである。

兄上は雲か霞かはてしなき異域の野べになにをしつらん
此事も君の為なり国のため異域の月も心照らさん

明治三十一年十月三十日、守谷富太郎あて書簡に見える作で、茂吉が中学三年生のときの歌である。翌年の歌には、

日の丸の御旗もいとどなびくかな千代田の宮の新玉の年
鳥だにも新に年をとりぬらん凌雲閣上とんびなくなり
かたほほに墨のあとかた影見えて羽子つく子等のあら玉のとし
ほのぼのと明くる朝日の影赤く神世ながらの年は来にけり
凧の音や羽子や手まりの音清み松の雀も千々代とぞなく
我兄も宣蘭城外歌ふらん新高山もゆるぐばかりに

茂吉は、中学時代「新声」「車百合」「文庫」「玉兎《ぎょくと》」「明星」新聞「日本」「万葉集」「金槐《きんかい》集」などを読んでいる。これらの雑誌によって、森鷗外《おうがい》・幸田露伴《ろはん》・樋口一葉《いちよう》などの作品にも接した、茂吉の生涯敬愛した鷗外・露伴文学との接触はこのころから始まる。特に露伴文学との出あいは、浅草医院の書生が貸本屋から村上浪六《なみろく》・黒岩涙香《るいこう》のものなど借りて読みふけっているものがいた。そうした関係から偶然に露伴の歴史小説「ひげ男」を手にし、付録の「靄護精舎雑筆《あいごしょうじゃざっぴつ》」にとりついたのがはじめであった。つまり「十六歳の少年で翁(露伴)の文に親しみ」とのべているのがはじまりである。こうした古典や雑誌に接触しながら、渡辺幸

造の俳句短歌の活動に感化を受けることが大きかった。また、村岡典嗣らの桂蔭会の作歌活動などの文学的環境も無視はできない。こうして茂吉は、自己の文学的成長の心の糧を、交友や読書からうけて作歌方面に開眼していったのである。開成中学五年間の学校生活を過ごし、明治三十四年三月二十八日、卒業の日を迎えた。そのときの優等生は、内田祥三・橋健行らであったが、茂吉は百五名中十六番で卒業した。開成中学を卒業した茂吉は、七月の第一高等学校三部の受験のため、専心勉強した。茂吉の努力も甲斐なく、うまくいかなかった。落第した茂吉は、ふたたび開成中学校補習科に籍をおくこととなった。同時に、正則中学校に通って勉強し、捲土重来《けんどじゅうらい》を期したのであった。

翌明治三十五年七月の第一高等学校三部の試験では、合格することができた。茂吉は十九歳であった。

一高時代

一高に入学した茂吉は九月十四日、寄宿舎に入寮のため、中寮七番室に行李《こうり》二つに入用の品物をつめて引っ越した。翌日入寮式が行なわれ、弊衣破帽を誇るエリート意識に燃えた一高生活を送ることとなった。「第一高等学校思出断片」の中で、茂吉は一高生になった感慨を次のように語っている。

「新しい帽子をわざわざ雨に打たせて古いやうに見せかけたり、あの白い二本すぢに羅馬字《ローマ》で名前を書き入れたり、さういふことが何かかう一つの誇に似た甘いやうな快感を起させるのであつたが、さういふ心の状態は人生のうちで幾たびも来るものではあるまい。働きのある人が、それももう老境に入つて、細君のまへに大臣になつた辞令を見せるときのやうな心持と比すべきであらうか。」

茂吉は、白線の帽子をかぶったものの、体操以外は洋服を着ることも少なく、手《て》織《おり》木綿《もめん》の着物ときたない袴をはいてくらした。柔道部にはいったが、二ヵ月ぐらいでやめてしまった。寮歌を覚えたり、ストームに悩まされたり、蚤《のみ》に閉口したりしながらも、崇敬する校長狩野《かの》亨《こう》吉《きち》、ドイツ語の岩元《いわもと》禎《てい》、ドクトル・メンゲなどの人柄や学風に接し高校生活を送っていくのである。「蚤」については、

一高時代の茂吉（白っぽい服が茂吉）

「寄宿寮に二年ゐたが、寝室に蚤《のみ》が沢山ゐて安眠がどうしても出来ない。それにストームなどといふ習慣があり、学生が酒に酔つて来て、折角寝入つたものを起してあるくので、益々眠れなくなる。僕は致方がないから、病人用ベツトのカバアを改良して袋にした。さうして全身裸でその中にもぐり、くびの処を巾着《きんちゃく》のやうに締めるように工夫して、毎夜辛うじて明かすことが出来た。それでも翌朝袋の中を見ると、蚤が五六ぴきから十ぴき位這《はい》込つて居り居りしたものである。それほど、寄宿寮には蚤が多かつた。」

と、述べている。茂吉の体質は、前にも触れたように、皮膚が虫類に好かれる体質であったから、蚤も茂吉に集中してきたのであろう。茂吉はこれを体

臭のせいともいっている。晩年まで茂吉の体質は、こういった特質なものであった。茂吉は寮歌も歌えず、柔道はやめてスポーツにも縁がなく、そうかといって文学青年のタイプでもなかった。

それはともかく、茂吉の一高時代、つまり、明治三十五年から三十八年にかけては、日本の躍進的な時期であった。一高在学中に日露戦争が勃発し、旅順攻略も日本海海戦も勝利のうちに進んだ。社会史的にいえば、資本主義社会の形成期であり、近代国家の発展期であった。国家主義的熱情が、個人の心にも反映した時代でもあった。日清戦争後は、近代国家の形を整え、単なる国粋主義ではなく、浪漫主義の時代、国民主義の時代となり、個人中心主義となっていく時代であった。富国強兵は、明治期の国是であるが、このころは、世界各国の国家的拡張期であり、各国の歴史が尊重された時代で、わが国の日本主義も、当然な成長をたどっていくのである。

高山樗牛《たかやまちよぎゆう》が、ニイチェ主義・美的生活を論じて強者の優越を叫び、あらゆる羈絆《きはん》からの解放によって、人間はもっとも幸福を得られるという立場から、意志による強者の哲学を説いた。こうした個人中心主義的思潮は、若いゼネレーションに影響を与え、人生観に動揺を与えた。綱島梁川《つなしまりようせん》は煩悶の意義を説き、一高の学生に煩悶時代を作る契機となったが、当時の学生は、真剣に人生問題・宗教問題に当面し、懐疑・煩悶した。茂吉と一高生活を送った人々は、阿部次郎《あべじろう》・安倍能成《あべよししげ》・吹田順助・野上豊一郎《のがみとよいちろう》・小宮豊隆《こみやとよたか》・穂積重遠《ほづみしげとお》・岩波《いわなみ》茂雄《しげお》・茅野粛々《ちのしようしよう》らであった。明治三十六年五月二十二日藤村操《ふじむらみさお》が、「巌頭《がんとう》の感」を記して投身自殺をしたのもこの動揺の現われであった。

茂吉はこのシュトルム・ウント・ドラング（疾風怒濤《しっぷうどとう》）の時代を、いかに生き抜いたか。茂吉は、藤村の死に対しては同情的ではなかった。鈴木啓蔵「茂吉と上ノ山」付録に載っている吉田幸助あて書簡（明治三十六年九月）も、その一つの証拠であろう。

「亡き高山博士も『我が袖《そで》の記』の中に誠に病は親むべき友にてはあらざりきと書かれ候へしがまことさるものならむと存ぜられ候　されど君よ藤村の死を羨《うらやま》しとおもひ給ふ事なかれ、嗚呼《ああ》彼は死せり彼の名山彼の名瀑《ばく》に落ちて死せり世人は文を作り歌を作り詩を作りて彼を誉めたたへぬ。霊も泉下に笑まむ、しかはあれど死人口なし如何なる理由で死んだか真に分るものにあらず、宇宙の真相を不可解と観じ棄てて死せりとはいへど　ああ思へ　給へ君よ　古来より大頭脳の哲学者輩出せしにあらずや然も未だ分らざるにあらずや、分らざるが為め生きて何の不都合かある」

と、述べきたり「独の哲学者ショッペンハウエル曰く『戦はずんば勝ちなし』と。余は君にこの言を捧ぐるものなり」とも説いている。当時の学生が、カント・ヘーゲルと哲学を言っても、わからないで言う似而非《えせ》哲学者の言で、茂吉は哲学を学ぼうとはしなかった。むしろ、科学・医学を志し、幸田露伴の修養論を人生訓として、現実主義の立場をとっているのである。

天才露伴は、茂吉の敬仰してやまなかった文学者であるが、露伴は、第一期の風流文学に反発し、自己革新をとげ、人間研究や社会観察を進めていった。露伴文学は読者を諷誡《ふうかい》し啓導して、人生を浄化していくところに理想があった。露伴の光明的な人間観は、修養論にもあらわれた。人間は小我を滅して大我に生き、

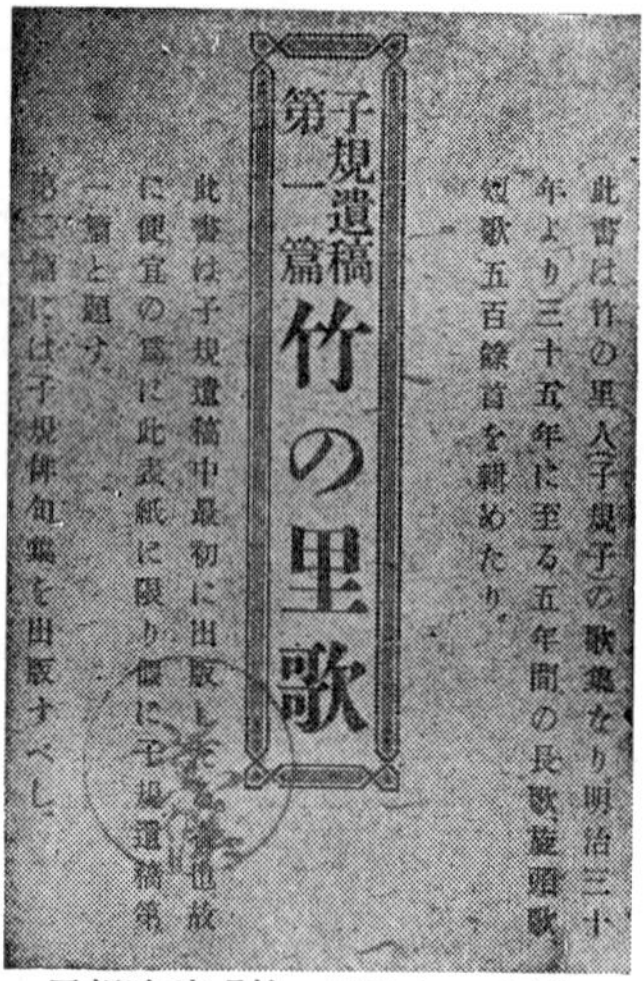

子規遺稿「竹の里歌」の表紙

天地自然の大道、宇宙の道とともに生きることを理想としたが業因の束縛《そくばく》をのがれるよう努力して善をなすべきであるとし、その理想を実現するために筆を進めていった。茂吉は露伴文学の感化・影響を中学時代から受けていたのである。

根岸派への接近

寮生活が一年半もつづいたが、明治三十七年二月、腸チフスが寮に流行し、患者が続出したので、寮は閉鎖されることになった。茂吉はこれを機会に、神田和泉《いずみ》町の帝国脳病院の蔵《くら》の二階に転住することとなった。そこは物置であって、長持や箪笥《たんす》が多くあるところに、蜜柑《みかん》箱を本箱にして、万葉集などを並べていた。蔵の階段わきが女中部屋で、小便の近かった茂吉は、階段わきの女中をまたいで行くというわけであった。つまり、このころの茂吉の斎藤紀一宅における生活は、他の書生とかわらない生活であった。

茂吉は、守谷茂吉で斎藤家に入籍していなかったのである。蜜柑箱の万葉集は、千勝義重《ちかつよししげ》の「類題万葉短歌全集」（明治三十七年）だと推定される。「万葉集」や「金槐和歌集」に接していた茂吉が、正岡子規の歌と出あうことになる。「子規遺稿第一篇竹の里歌」（明治三十七年十一月発行）を手にすることによって、短歌の師を見出して、本格的に歌の世界に志すようになるのである。そのころのことは、「思出す事ども」のなかに躍如としている。

「旅順が陥《お》ちたか、陥ちないかといふ人心の緊張し切つてゐた時である。僕は或る日、神田の石垣貸本屋から竹の里歌といふ薄い歌集を借りて来た。当時僕は和泉町で父がやつてゐた、病院の土蔵の二階に、がらくた荷物の間に三畳敷ぐらゐの空《あき》をつくつて其処に住んでゐた。窓ガラスには出征した兄の武運を、成田不動尊に祈念した紙片などが張つてあつた。そこの室に坐つて借りて来た歌集を読んでみた。巻頭から、甘い柿もある。渋い柿もある。『渋きぞうまき』といった調子のものである。僕は嬉しくて溜《たま》らない。なほ読んで行くと『木のもとに臥せる仏をうちかこみ象蛇どもの泣き居るところ』とか、『人皆の箱根伊香保と遊ぶ日を庵にこもりて蠅殺すわれは』などいふ歌に逢着する。僕は溜らなくなつて、帳面に写しはじめた。

それから神田の古本屋をあさつて、竹の里人のものを集め出した。子規随筆を買つたり、心の花をさがしたりしてゐると、『左千夫』といふ名がだんだん多くなつてくる。当時僕はそれを『さぢゆう』と読んでゐた。竹の里歌の『さちを』が『左千夫』と同じ人だと知つたのは余程後のことである。』」

そのころ、読売新聞の歌壇選をしていた池田秋旻《しゅうびん》という歌人がいた。子規と相通う歌風であるが、茂吉は、斎藤貞二郎という他人名を借りて投稿した。明治三十八年二月から六月までつづいたのである。また、池田秋旻の随筆から、子規の根岸派には「アシビ」という歌の雑誌のあることを知り、盛春堂に行って求め、その雑誌の歌に盲目的な尊敬を払うことになった。また、開成中学時代のグループで指導格であった渡辺幸雄は草童と号し、俳句・短歌を作り、根岸派の理解者でもあった。茂吉は「僕は近ごろ歌を作りはじめた。そして根岸派の歌流である」というような意味の手紙を、草童に送ると、彼は、茂吉の歌を批評し、あるものはほめてくれた。茂吉は、草童を指導者として、歌稿を送って批評してもらったり「アシビ」の不明の点を教示してもらったりした。つまり、渡辺草童によって、歌に関する目が少しずつ開けていったのである。

茂吉が、写実的な子規や根岸派の歌にひかれていったのはなぜかといえば、茂吉の人生観・文学観からきているのだろう。新詩社の「明星」による浪漫主義が一世を風靡していたときであったし、茂吉は、ある意味で浪漫的資質の豊かな歌人である。これは、茂吉の出身と交友関係に由来しているのかもしれない。市民的生活感情を歌いあげた「明星」一派に対して当時の茂吉は、あくまで地方出身者であって都会人ではない。自然主義が都会人によって唱えられなかった如く、写生主義も都会人の間にはおこらなかった。主観に優位性をおく生活ではなく客観に優位性をおく生活が地方生活である。

若き茂吉が、子規の客観的な自然観照や日常現実の歌を見て、うれしくなって作歌に志したのも、そういったことが考えられよう。露伴の風流文学も、かなり変化を見せて現実的になってきたし、修養ものも実生活的なものが発表されてくる。藤村操の死に批判的であった茂吉の人生観も、こうした写実的なものへ関心とつながりがあるようである。

明治三十七年二月八日、日露戦争が始まった。二月十一日には、長兄広吉が歩兵少尉として秋田十七連隊に入営、六月には、次兄富太郎が歩兵軍曹として広島三十二連隊に応召した。斎藤紀一は、青山に脳病院を建てはじめ、三十六年九月には、青山脳病院を開業した。明治三十八年七月、茂吉は医科六十四名中十五番の成績で、東京帝大医科大学に入学が決定した。

斎藤紀一は、茂吉の卒業を前にして、七月一日、ようやく斎藤家の婿《むこ》養子として籍を入れた。守谷茂吉は、斎藤茂吉となったわけである。そして、幼妻《おさなづま》輝子はまだ十歳の少女であり、養父となった紀一は四十五歳であった。輝子は浅草の柳原小学校に妹君子と人力車で通っていた。一高を卒業し、東京大学医科を志望する茂吉に、紀一は大きな希望と期待をかけたのであった。

明治三十七年は、茂吉の生涯の運命を決定する年であった。一つは斎藤紀一の決めた計画にそって、幼妻の婿《むこ》養子となったことである。青山脳病院の令嬢で「緋牡丹《ひぼたん》」といわれた幼妻輝子と「田舎青年」茂吉とは、平行線のような相容れない性格であって、根本的に無理があった。茂吉の生涯の家庭生活の宿命であった。もう一つは前にも述べたように、正岡子規との出会いである。これによって、子規の系統をひく「アララギ」へと生活、その歌風と歌論を発展していくことになったのである。

ともあれ、そのころの茂吉にすれば「今の病院を受けつげば目が廻る程多忙ならむ、斯くて小生は骨を砕き精を灑《そそ》いで俗の世の俗人と相成りて終る考えにて又是非なき運命に御座候」と、渡辺草童に書き送っている。斎藤家への入籍は、茂吉にとって苦難の道を歩むことを覚悟させたのであるが、自らの将来に対するあきらめも現われている。

「赤光《しやっこう》」から「あらたま」への時代

あかあかと一本の道とほたりたまきはるわが命なりけり

「馬酔木」から「アララギ」へ

「馬酔木《あしび》」の存在を知った茂吉は、意を決して、伊藤左千夫あてに手紙を書いた。左千夫からすぐ返事がきたことに感激した茂吉は、左千夫にぐんぐんと接近していくのであった。自作十首のうち五首が、明治三十九年二月「馬酔木」（第三巻第二号）に掲載された。こうして、茂吉は根岸派の系統に、はじめてその存在を示したわけである。「折にふれて」の作である。

来て見れば雪げの川べ白がねの柳ふふめり蕗《ふき》の薹《とう》も咲けり
あづさ弓春は寒けど日あたりのよろしき処つくづくしもゆ

左千夫から、遊びにこいという手紙をもらった茂吉は、三十九年三月十八日、本所茅場町《かやばちよう》三丁目の無一塵《むいちじん》庵《あん》に、山形ののし梅を持って訪ねることとなった。その当時のことを「思出す事ども」では、次のように追憶している。

「どんな人だらうか。あの写真でみると、何だか理窟《りくつ》やで恐ろしい人の様である。茅場町に近づくに従つ

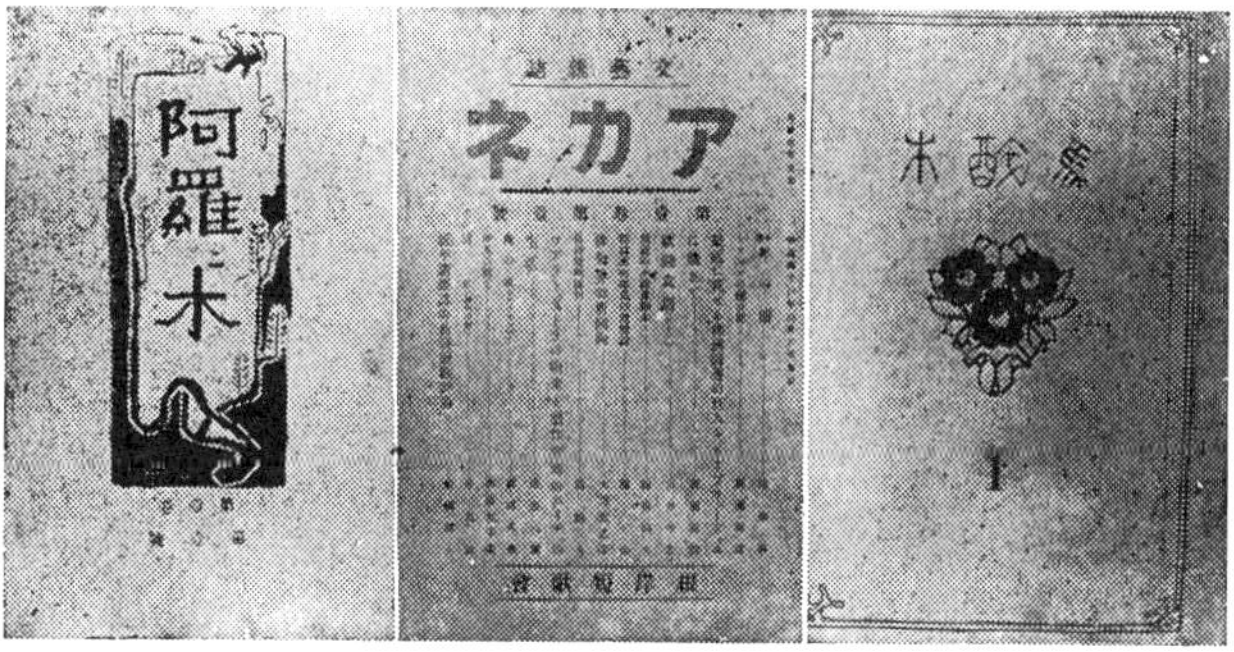

「アララギ」「アカネ」「馬酔木」創刊号の表紙

て動悸などした。然るに大きな体格の田舎の翁の様で、ちつとも偉さうなところが無かつた。」

左千夫の家で、茂吉は「馬酔木」をもらって、三時間ばかり話しあった。そのとき左千夫は四十二歳、茂吉は二十四歳であった。茂吉は臆する性癖《せいへき》があって、世の中のえらい人などを訪ねることができなかった。あれほど敬愛した露伴と出会ったのも、晩年であった。左千夫を知って半年、ようやく訪問したのだから、その当時の感激も大きかったと思われる。それからは、左千夫のもとに歌を持参し、医科大学の帰りなどに寄っては夜を徹することもあった。

そのころ、左千夫は「野菊の墓」など小説に筆を染めたりして、「馬酔木」の刊行も重荷となり、編集もうまくいかなかった。左千夫が推賞していた三井《みつい》甲之《こうし》に「アカネ」発行を任せることになった。明治四十一年二月に「アカネ」が発刊され、茂吉の歌も第一号から掲載された。しかし、左千夫の周囲と甲之との仲が円滑を欠くようになった。甲之の人柄にもよるが、茂吉らの若い層との間にとかく風波が起こりがちとなった。

たまたま、千葉県の蕨真《けっしん》のところから、「阿羅々木《あららぎ》」が創刊された。明治四十一年九月のことである。茂吉らは、この「アカネ」から「阿羅々木」にいくこととなる。こうして、子規の根岸派は「アカネ」と「阿羅々木」に分裂し、甲之と茂吉の論争となるのである。茂吉は「阿羅々木」創刊号から「漫言」と題し、三井甲之への反駁の筆陣を張っていくが、左千夫は「内輪の小ぜりあい」とみて、それを許容していた。こうした関係にあった「アカネ」と「阿羅々木」は、合同の話も出てくるが、根岸派同人の内紛はこじれ、茂吉の強硬な態度によって、結局、四十二年九月、左千夫方に移って、改巻第一号として再発足し、信州の赤彦の「比牟呂《ひむろ》」も合同してくることになった。「アララギ」の歴史はこのときに始まったといえよう。

その間、茂吉は作歌に精進するのであるが、空想的・理想的傾向が強く、根岸派の異端者の観があったことも事実だし、また、その特異な歌境やよみ口は根岸派にない才能ある歌人の素質をそなえていたともみるべきであろう。「赤光」以後の独自の境地を開拓していく、一種の稟質《ひんしつ》である。

明治四十二年一月九日、茂吉は森鷗外の観潮楼歌会《かんちょうろうかかい》に参会した。鷗外日記によれば「九日(土)。陰。寒頗《すこぶる》甚し。短詩会を催す。斎藤茂吉始て来たり。佐佐木信綱、北原白秋風邪にて来ず。夜雪降り出づ」とある。茂吉は「観潮楼断片記」の中で、そのときの歌会の様子を述べている。茂吉は「アララギ」創刊号に短歌二十三首、第二号に「短歌に於ける四三調の結句」と「塩原行」(明治四十一年)五十首を発表している。歌の結句が三四調でなければならぬという井上通泰《いのうえみちやす》説に対して、必ずしもそうばかりでないわけを実証的に述べ、歌の調べは、自己の声でなければならぬとしている。

おり上《のぼ》り通り過《す》がひしうま二つ遙かになりて尾を振るが見ゆ
とうとうと喇叭《らつぱ》を吹けば塩はらの深染《こぞめ》の山に馬車入りにけり
山峡《やまがい》のもみぢに深く相こもりほれ果てなむか峡《かい》のもみぢに

「塩原行」の連作は、「赤光」にも収められているが、茂吉独自の個性があらわれて、「赤光」歌風の先駆ともいうべき作品といえる。

明治四十二年夏ごろ、卒業をひかえているのに茂吉は発熱し、年末には赤十字社病院の分病室に入院した。病名はチフスだったが、卒業を一年延期しなければならなかった。卒業試験をひかえた茂吉は、九月から年末まで、本郷五丁目の成蹊館《せいけいかん》に下宿して、全力をつくすことになった。したがって、この年の作歌はあまり活発ではなかった。しかし、「アララギ」再発足後の茂吉の作風は、次第にその本領の片鱗《へんりん》をあらわしはじめ、同人たちの注目をうけはじめた。中村《なかむら》憲吉《けんきち》が法科大学に入り、深川に住んでいたが、茂吉は親しく交わり、また一高の土屋《つちや》文明《ぶんめい》を知るようになった。十二月二十七日、茂吉は、東京帝大医科大学を卒業した。

大学時代の茂吉（前列左から２人目）

左千夫との対立

医師となった茂吉は、明治四十四年から副手として、呉秀三《くれひでぞう》博士指導のもとで精神病学を専攻し、同時に付属病院であった東京府巣鴨病院に勤務した。巣鴨病院の月給は六十円であった。医局における茂吉は、斎藤茂太の「茂吉の体臭」によると、「瞑目し、額にしわをよせて、沈思黙考し、そのうち空間に文字を書きはじめると同僚は『斎藤の緊張病がはじまった』と云った。」とある。茂吉の面目が躍如としているようで興味がひかれる。「この日ごろ」と題し、狂人もりの作品を「アララギ」に発表したのは、このころである。

うつせみのいのちを愛《お》しみ世に生くと狂人守《も》りとなりてゆくかも
狂人をもりて幾ときかすかにも生きむとおもへばうらなごむかな

社会に出た茂吉は、青山脳病院の後継者となり、学位をとることが望まれていたことは当然である。しかし、この定められた運命に処していくには、あまりにも非凡であり、感受性の強い茂吉であった。「アララギ」の編集に骨を折り、当時、本郷にいた中村憲吉とよくあったり、島木赤彦・古泉《こいずみ》千樫《ちかし》らと新しい歌風について努力していった。茂吉は「思出す事ども」の中で次のように語っている。

「僕は余程の後輩で歌がどうしても進歩せず、長い間うろついてゐたが、明治四十四年ごろは、今までの根岸派流に安住してゐてはいけないといふ事に気がついてゐた。そこで僕が編輯を担当するやうになつたとき、阿部次郎氏、木下杢太郎《もくたろう》氏などに悃願《こんがん》して、原稿を頂戴した。さうすると、地方の某々氏からさかんに先生（左千夫）のところに手紙を寄せて、アララギに邪道が這入《はい》つたといふ。それから僕等を『異趣味者』だといふ。」

茂吉が、根岸派の伝統に安住せずに、さらに発展するため、流派の流行を問わず新しい刺激を求めていったところに、アララギ編集者としての手腕ばかりでなく、彼の新風開拓の意欲を認めなければならない。左千夫は、その人柄や態度、また指導者として、いろいろ青年層に食い足りない点があった。茂吉は、「どんなものでも心の抱擁を欲する先天の気稟」と評していたが、左千夫と衝突することもあった。地方の同人から祭り上げられて納まっている左千夫に対し批判的であった。しかし、茂吉は、こうも述べている。

「僕等は、世間並に流行の「絶交」などは為《し》ない。やはり一しよに歩いたり物を食べたり美術を見に行つたり、歌会は毎月欠かさずに開いた。歌会での批評には先生も故意にいふやうな点もあつた。僕らは故意にぶつかつて行つた点もある。明治四十四年だつたかと思ふ。小石川林町かの木村秀枝さんの宅で歌会をやつた時も、赤彦君の煙草《たばこ》の吸殻の歌その他が批評の対象となつてずゐぶん劇《はげ》しく言合ひ、その夜僕はどうしても眠れなかつたことがある。」

茂吉と左千夫の対立は「アララギ」の古いものと新しいものの交替期の現象でもあるが、茂吉のいうごとく、作歌のため一心に身を挺していたときで、しぜん、緊張のあまり左千夫と歌論や評価を異にする結果となったものといえよう。左千夫も、茂吉らに誘発されて、歌論も歌も変化していった。左千夫の「ほろびの光」という一連のすぐれた作品が現われたのも、そうした結果であった。茂吉は「アララギ」根岸派として、自派至上・他派排斥といわれているが、こうした内部のいざこざもあったことは興味あることである。
当時の歌壇は、全盛を誇った与謝野《よさの》鉄幹《てつかん》・晶子《あきこ》らの新詩社「明星《みょうじょう》」も、明治四十一年十一月に第百号で終刊となり、翌年一月には「スバル」が創刊された。尾上柴舟・北原白秋・石川啄木・吉井勇・前田夕暮・若山牧水などが、その第一歌集を出版したり、それぞれの結社雑誌を創刊したりして、歌壇の新しい歌は各派に展開してくる時期であった。耽美《たんび》派的傾向、自然主義的傾向が、文壇の文芸思潮の中心となってきたのに呼応する歌壇の現象であった。

「赤光」のころ

茂吉は、四月「アララギ」に「おくに」を発表した。女中おくにの死を悼《いた》む挽歌を直情的に歌いあげた。「うつし身」十七首、「うめの雨」二十首などにおける日常吟は、現世の人間である自分の命をあわれんだ歌で、新しい傾向のものであった。

青山の町蔭の田の水《み》さび田にしみじみとして雨ふりにけり
くわん草は丈《たけ》ややのびて湿《しめ》りある土に戦《そよ》げりこのいのちはや
うごき行く虫を殺してうそ寒く麦のはたけを横ぎりにけり
おのが身をいとほしみつつ帰り来る夕細道《ゆうほそみち》に柿の花落つも

うつそみの命は愛《お》しとなげき立つ雨の夕原《ゆうはら》に音鳴《ねな》くものあり
常のごと心足らはぬ吾ながらひもじくなりて今かへるなり

茂吉の自我に対する意識は、人間の生命に根ざした深いものとなり、徹底していくところに、感覚のみで自我を歌った歌人たちよりも、純粋で深いものがあって、人の心をうつものがあったわけである。

大正二年になって、茂吉は作歌活動も旺盛であった。四月には、おひろとの別れ、五月下旬になると、郷里山形で生母いくが没した。七月末には、左千夫が突然亡くなった。これらの悲しみを契機に、多くの傑作が生まれた。

「おひろ」三部作は、「明星派」の恋愛歌とは異質のものであって、近代恋愛歌の代表的な作である。また、五月中旬、茂吉は生母危篤の電報に接し、とるものもとりあえず帰国、二三日、母を看《み》とり、その死に目にあいこれを火葬にし悲しみの心を酢川温泉で癒《いや》した。生母は、中風でずっと病臥していたが、五十八歳で死ぬことになる。茂吉にとって、生母いくの死は人生の最大の悲しみであった。その慟哭《どうこく》を歌った「死にたまふ母」は近代挽歌の絶唱となった。「赤光」にある四部構成五十九首からなる大作である。左千夫は、七月三十日、脳溢血のため、忽然《こつぜん》として逝った。信州滞在中の茂吉は、古泉千樫の電報に接して、急いで帰京したが、その死はあまりにも呆気《あっけ》なかったわけである。左千夫没後、茂吉は、「悲報来」で左千夫の死を歌い、「死にたまふ母」で、生母の死を悼《いた》んだが、茂吉の歌は、師の左千夫の歌を圧倒し、茂吉短歌を築くこととなったのである。大正二年十月、第一歌集「赤光」が「アララギ叢書第二篇」として、刊行され、歌壇に新風をもたらしたばかりでなく、当時の文学界にも驚異の目をもって迎えられ、歌人ばかりでなく若い青年に与えた影響は大きかった。翌十一月、「アララギ」は「伊藤左千夫追悼号」を発刊した。

「赤光」は、大正二年十月十五日、東雲堂から発行、大正四年七月再版、大正七年五月三版、大正八年四版、同十一月五版、大正十年十一月改選初版、大正十四年改選三版、昭和二十四年四月新版とあって、版によって体裁や歌数、訂正などの小異もある。大正十年、改選「赤光」の跋文で、茂吉は次のように述べている。

「『赤光』の歌はすでにいろいろの書物に引用せられたけれども、今後『赤光』の歌を論ぜられる場合には、改選『赤光』の方に拠《よ》つてもらいたいと思ふ。しかし直した歌が皆気に入つてゐるといふのではない。不満の気持は依然としてあるけれども、さう濫《みだ》りに直すことをしない。」

「赤光」の連作

与謝野晶子の処女歌集「みだれ髪」も後年本人による改訂が多いが、これは、初版本によるのが順当である。しかし「赤光」は、茂吉の改選本跋文に従って、改選「赤光」によって見ていきたい。

「赤光」の歌は、茂吉二十四歳から三十二歳までの作品で、初期の歌から茂吉短歌成立までの歌風の過程を示しているものといえる。正岡子規の「竹之里歌集」によって、短歌への眼が開かれ、作歌に志し、伊藤左千夫の門に入って精進し、左千夫の影響を受け、さらに「アララギ」の編集に携わっていく期間である。

「赤光」は、いわゆる連作が大部分を占めている。それは子規にはじまり左千夫によって歌論となった連作論の影響とみてよいだろう。連作とは、一首で詠みつくせない題材を二首以上によむ作歌形式であるが、単なる一首の集合ではなく、独立した一首がまとまってまた一つの総合体を形成するものでなければならぬ。左千夫は、連作論で連作の意義について詳しく述べているが、茂吉は「赤光」で具体的にこれを示している。

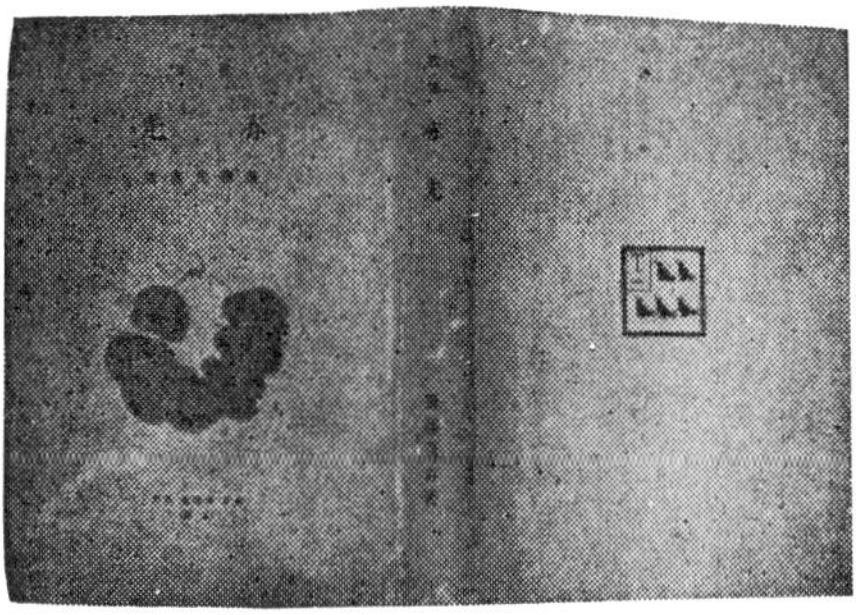

歌集「赤光」初版本表紙

その意味では、左千夫をもっともよく継承したのは茂吉であろう。「おひろ」四十四首「死にたまふ母」五十九首「悲報来」十首などはその好例である。谷川徹三は、「赤光」に小説文学的なものを感じると述べているが、それは連作に関連する点からも、また茂吉の歌った題材からも、そういった新しい境地があるものといえる。「おくに」「おひろ」などの連作は、まさに小説文学的である。「おくに」は、明治四十四年の作だが十七首にのぼっている。

なにか言《い》ひたかりつらむその言《こと》も言《い》へなくなりて汝《なれ》は死にしか
はや死にて汝《なれ》はゆきしかいとほしと命《いのち》のうちにいひにけむもの
終《つい》に死にて往《ゆ》かむ今際《いまわ》の目にあはず涙ながらにわれは居《い》るかな
なにゆゑに泣くと額《ぬか》なで虚言《いつわり》も死に近き子に吾は言へりしか

「おひろ」は、大正二年の作で、四十四首の三部にわたる連作である。全部を引くことをやめて、抄出してみることにする。おくには斎藤医院の女中でありおひろも女中説が強い。

なげかへばものみな暗《くら》しひんがしに出づる星さへあかからなくに
夜くれば小夜床《さよどこ》に寝しかなしかる面《おも》わも今は無しも小床《おどこ》も
代々木野《よよぎの》をひた走りたりさびしさに生《いき》の命のこのさびしさに
ひつたりといだきて悲しひとならぬ瘋癲学《ふうてんがく》の書《ふみ》のかなしも
この朝け山椒《さんしよう》の香《か》のかよひ来てなげくこころに染みとほるなれ
しんしんと雪降りし夜にその指のあな冷《つめ》たよと言ひて寄りしか
わが生《あ》れし星を慕ひしくちびるの紅《あか》きをみなをあはれみにけり
わが命つひに光りて触《ふ》りしかば否といひつつ消《け》ぬがにも寄る
すり下《おろ》す山葵《わさび》おろしゆ滲《し》みいでて垂る青みづのかなしかりけり
あはれなる女《おみな》の瞼《まぶた》恋ひ撫《な》でてその夜ほとほとわれは死にけり

さて、「赤光」は「おくに」「おひろ」の連作によって、何か小説文学的な歌集の感を持たせるし、劇的興味すら起こさせる。大部の連作は、その感が深いが「死にたまふ母」五十九首（大正二年）も、その例にもれない。これらについては、作品編でくわしくのべることにする。

「死にたまふ母」は「赤光」のなかの最大編で「其の一」から「其の四」までの四部作、五十九首の連作で、ひとつのナレーションである。こうした構成は、子規・左千夫の試みにもなかったものであるし、連作的大作の曙覧《あけみ》独楽吟も五十二首にとどまっている。こういった形式面でも「死にたまふ母」は、短歌史上注目すべき作品である。構成は、危篤から帰省、看護、死去、火葬、悲しみをいだいて酢川温泉に浴するまでを順々に詠んだ連作である。詞書《ことばがき》はなくともわかりやすく巧みに構成されている。その点、一編の散文にまさると評された作品である。そして、自然な感情の流露、人間自然の声が、あるいは衝動的に、あるいは刹《せつ》那《な》的に、強く、弱く、速く、ゆるく表出されている。印象的な叙景と人間心情の叫びが、茂吉の声調となって、張りのあるなかに、こまやかな実感をたたえて迫ってくるものがある。連作第一首から最後まで、序曲から第四楽章まできくように構成されているともいえよう。その間の茂吉調による題材が、すべて生命に満ちて、切れば血の出る作品といえよう。今でも愛誦されてやまない歴史的な作品となっている。

近代短歌における哀悼歌、つまり挽歌《ばんか》の傑作は、茂吉の「死にたまふ母」、木下利玄《きのしたりげん》の「夏子」、窪田空穂《くぼたうつぼ》の「土を眺《なが》めて」の三部作といわれるが、その一つとして、独特の茂吉調挽歌となっている。文章の独自のスタイルを出すことは困難なことで、誰しもできることではない。それにもまして、歌風に独自のものを樹立することは困難な仕業《しわざ》である。晶子調、勇調をうちたてた与謝野晶子や吉井勇は、その意味で多力な歌詠みである。茂吉も同じく、独自の歌風をたてたところに、非凡な力量を見ることができる。「赤光」を読んだ人たちは、この「死にたまふ母」の感動を忘れることはできない。

また、巻末の連作「悲報来」も、秀歌によって有名である。詞書に「七月三十日夜、信濃国上諏訪に居りて、伊藤左千夫先生逝去の悲報に接す。すなはち予は高木村なる島木赤彦宅へ走る。時すでに夜半を過ぎゐたり」とある十首の作品である。

ひた走るわが道暗ししんしんと怺《こら》へかねたるわが道くらし
すべなきか螢をころす手のひらに光つぶれてせんすべはなし
赤彦と赤彦が妻吾《あ》に寝よと蚤とり粉《こな》を呉れにけらずや

これら連作の作品をみても、茂吉独特の個性が強くにじみ出ている。衝動的な叫びのくりかえしが耳につく。雄勁《ゆうけい》な声調が、茂吉独自の張りのあるものとなって心にひびいてくるのである。

「赤光」の特質

「赤光」の特質として、宗教性があるとか、仏教的要素があるとか、無常感がこもっているとか、東洋的諦念《ていねん》があるとか、いろいろにいわれてきた。これらは、敬仰した露伴文学の宇宙観、万有観、文学観に相通ずる感がある。

とほき世のかりようびんがのわたくし児田螺《たにし》はぬるきみづ恋ひにけり
なにゆゑに花は散りぬる理法《ことわり》と人はいふとも悲しくおもほゆ
生くるもの我のみならず現《うつ》し身の死にゆくを聞きつつ飯食《いいお》しにけり
うつしみは死しぬ此《かく》のごと吾《あ》は生きて夕《ゆう》いひ食《お》しに帰りなむいま
自殺せし狂者の棺のうしろより眩暈《めまい》して行けり道に入日あかく
しんしんと雪ふる最上《もがみ》の上《かみ》の山《やま》に弟は無常《むじょう》を感じたるなり
この身はも何か知らねどいとほしく夜おそくゐて爪《つめ》きりにけり

「地獄極楽図絵」十一首は絵を見てよんだ歌だが、宝泉寺蔵の絵である。三十八年に渡辺草童あてに、こうした歌を作って送っているが、これは子規の歌の形式をまねてよんだ作品である。それはともかく、仏教に関心を持ち「赤光」の題名まで経典から採っている。少年のころ僧侶になろうとしたこともあり、また長年、宝泉寺の住職で後に滋賀県番場の蓮華寺に行き大僧正となった佐原窿応《りゅうおう》上人に精神的感化をうけていた。その仏教的人生観が、茂吉の精神形成の一助となっていたことは当然である。茂吉の歌に仏教的無常観があるのもうなずけるし、また幸田露伴的な人生観、つまり東洋的宇宙観があったことも否定できないことである。

第二の特質として茂吉の歌におけるエロスといわれるものだが、茂吉の歌には、フロイトのいうリヴィドという性《セックス》の根元のようなものがある。何か根源的な、生命的なものである。官能的といっても、感覚的なものではないし、末梢神経のものでもない。「明星」一派のエロス意識とは、質を異にしたものである。異性に対する本能的な人間の悲しみも歌っているといえよう。茂吉の変愛をみても、何か宿命的であり、ストイックなものが感じられる。「おくに」「おひろ」の恋愛歌中にも見られるし、その他の作品から拾ってみると、次のような歌が挙げられる。

我友《わがとも》は蜜柑むきつつしみじみとはや抱《いだ》きねといひにけらずや
水のべの花の小花《こばな》の散りどころ盲《めしい》となりて抱《いだ》かれて呉れよ
斧《おの》ふりて木を伐る側《そば》に小夜床《さよどこ》の陰《ほと》のかなしさ歌ひてゐたり
玉きはる命をさなく女童《めわらわ》をいだき遊びき夜半《よわ》のこほろぎ
女《め》の童《わらわ》をとめとなりて泣きし時かなしく吾《あ》はおもひたりしか
しづかなる女おもひてねむりたるこの現身《うつしみ》はいとほしきかな
狂者らは paederastie をなせりけり夜しんしんと更けがたきかも
二月ぞらに黄色の船の飛べるときしみじみとして女《おみな》をぞおもふ

これらの傾向は「あらたま」以降の作品にも見られるが、文学者としてばかりでなく、医者・科学者としての生命観として、独特の性を歌っているものである。

第三の特質として、茂吉短歌には、大まじめなひょうきんなところがある。創作者がまじめでなければ、フモール（ユーモア）という文学概念は成立しない。本人が意識してはフモールは生まれてこないということである。滑稽《こっけい》、おかしみといった伝統的な文学概念があるが、茂吉のフモールは、人間そのものからにじみ出てくるものらしい。何かムキになっている面が、傍目《はため》にはフモールという面で理解されることがあるものである。そうした地方人らしいムキになる面が、茂吉の本領ともいえる。

数学のつもりになりて考へし五目《ごもく》ならべに勝ちにけるかも
猿の子の目のくりくりを面白み日の入りがたをわがかへるなり
まもりゐる縁《えん》の入日に飛びきたり蠅が手を揉《も》むに笑ひけるかも
馬に乗りて陸軍将校きたるなり女難の相か然《しか》にあらじか
留守もりて入日《いりひ》あかけれ紙ふくろ猫に冠《かむ》せんとおもほえなくに

「五目ならべ」の歌について、佐藤春夫が「別の人のものならば〝おふざけでないよ〟と言ひたくなるのだけれども、それさへ彼の歌集で発見すると別段さして不都合とも思はない。それは不思議である」と述べている。だじゃれや地口《ぢぐち》とちがって、たくまざる自然さがあり、性格的であって、フモールというべき性格のものであろう。

茂吉の歌風には、時の推移による生の発展や無常をとらえているものが少なくない。短歌は、上句の事象を下句で説明するといった形式、つまり、原因と結果をよむ説明的な形式で、それが一般的である。「赤光」の作品には、そうした作もあるが、時の推移による事象の変化を詠んだものも少くない。

それればかりでなく、自他一元の世界を客観的に、具象的に歌いあげた領域がある。こうした短歌の境地を切りひらいたのは、子規・左千夫《さちお》・節《たかし》にはないもので、そこに「赤光」が新風たるゆえんがある。節・左千夫までを前期印象派とすれば、茂吉は後期印象派の始祖とでもいうべきである。また、茂吉の短歌の特色は、主情であり、情熱である。茂吉のいう、生命の表現である。生命の衝迫を力のかぎり吐き出している点に、歌すなわち生命という感を抱かせるものがある。三十一音数律を、枕詞《まくらことば》やくりかえしによって表現しているのも、すべて意味がないのではなく、「叫び」となっている情熱のことばであるから、きわめて効果的である。「たまきはる」とか「ははそはのははよははそはのははよ」「しんしんと」「あかあかと」「しみじみと」と歌うばかりでなく、「あはれ」「さびし」「かなし」といったことばが「けり」「かも」の感動詞と結びついて、強く抒情的にし、迫力あるものとなっている。感動のきわみを直截《ちょくせつ》に歌って、くりかえしや詠嘆となっているのだが、そこに生命に根ざした真実な情熱がこもって、沈痛なひびきとなっているのである。

「赤光」の反響

「赤光」の出現は、歌壇ばかりでなく文壇をも傾倒させていったことは、歌壇外の反響をみるとわかる。茂吉は「赤光再版に際して」跋文《ばつぶん》のなかで、

「白面の友がきて『赤光』は大正初年以降の短歌界に小さいながら一期を画すやうに働掛けたと言放つ。私はその詞に対つてゐて苦笑もしない。ある夜、現歌壇の一部の Schematismus に対して「赤光」がいかに働掛けたかを思つたときいたく眉間を蹙《ひそ》めた。けれどもかかることは私の関するところではない。『赤光』は過去時に於ける私の悲しい命の捨どころであつた。」

「赤光」からが、私のほんものの歌であると「あらたま」の跋文で述べている。それはともかく、「赤光」が近代短歌史上の金字塔であることはまちがいない。歌壇において、文壇からの評をみると、宇野浩二《うのこうじ》は「短歌文学全集斎藤茂吉篇」を編纂して、茂吉を高く評価している。たとえば、「青山の町蔭の田の水《み》さび田にしみじみとして雨ふりにけり」の歌を注して

「中で『青山の』歌などは、当時二十歳の青年であつた佐藤春夫・芥川龍之介・宇野浩二その他が今でも暗誦しているほど感激を与へた」

と述べているし、「俗物的文芸観」のなかでは次のやうにのべている。

「斎藤茂吉の歌を読んでゐる人は勿論、彼の歌を一首も読んでゐない人でも、斎藤茂吉はただ大歌人だと思つてゐるが、どうして斎藤茂吉は大歌人であるかを知つてゐる人は稀であらう。

斎藤茂吉の歌だけは、歌のよしあしに拘らず、歌の方から人に呼びかけるやうなところがありはしないか。これは彼の才能と性格の烈しさのためなのであらうか、或ひは彼が一種の得人なのであらうか。結局彼の熱心の賜であらうか、」

佐藤春夫が「赤光」について論じたなかに、次のようなことばがある。

「思ひ切つて露骨に申せば、私は『赤光』の著者に惚れ込んでゐるのである。この場合の私の感情をのべるには、この俗語が最もよく嵌《あてはま》る。『赤光』のなかにとても、勿論やや蕪雑《ぶざつ》な、不用意な、平俗にすぎた歌にはならないやうなものも五つ六つある。」

しかし、もっとも、茂吉をよく批評したのは芥川龍之介であった。「斎藤茂吉」において、「あらたま」をふくめて、茂吉の文学を次のように書いている。

「近代の日本の文芸は横に西洋を模倣しながら、竪《たて》には日本の土に根ざした独自性の表現に志してゐる。苟《いやしく》も日本に生を享けた限り、斎藤茂吉も亦この例に洩れない。いや、茂吉はこの両面を最高度に具《そな》へた歌人である。正岡子規の『竹の里歌』に発した『アララギ』の伝統を知つてゐるものは『アララギ』同人の一人たる茂吉の日本人気質をも疑はないであらう。茂吉は『吾等の脈管の中には祖先の血がリズムを打つて流れてゐる。祖先が想《おもい》に堪へずして吐露した詞語が、祖先の分身たる吾等に親しくないとは吾等にとつて虚偽である。おもふに汝にとつても虚偽であるに相違ない』と天下に呼号する日本人である。しかしさう云ふ日本人の中にも時には如何にありありと万里の海彼《かいひ》にゐる先達たちの面影に立つて来ることであらう。

あかあかと一本の道とほりたりたまきはる我が命なりけり
かがやけるひとすぢの道遙けくてかうかうと風は吹きゆきにけり

ゴッホの太陽は幾たびか日本の画家のカンヴアスを照した。しかし『一本道』の連作ほど沈痛なる風景を照したことは必しも度たびはなかつたであらう。

幸福なる何人かの詩人たちは或は薔薇《ばら》を歌ふことに、或はダイナマイトを歌ふことに彼等の西洋を誇つてゐる。が、彼等の西洋を茂吉の西洋に比べて見るが好い。茂吉の西洋はおのづから深処に徹した美に充ちてゐる。これは彼等の西洋のやうに感受性ばかりの産物ではない。正直に自己をつきつめた。痛いたしい魂の産物である。僕は必しも上に挙げた歌を茂吉の生涯の絶唱とは云はぬ。しかしその中は磅礴《ほうはく》する茂吉の心熱《しんねつ》の凄じさを感ぜざるを得ないのは事実である。同時に又さういふ熔鉱炉《ようこうろ》の底に火花を放つた西洋を感ぜざるを得ないのも事実である。

僕は上にかう述べた。『近代の日本の文芸は横に西洋を模倣しながら、竪《たて》には日本の土に根ざした独自性の表現を志してゐる。』僕は又上にかう述べた。『茂吉はこの竪横の両面を最高度に具へた歌人である』茂吉よりも秀歌の多い歌人も広い天下にはゐることであらう。しかし『赤光』の作者のやうに、近代の日本の文芸に対する、――少くとも僕の命を託した同時代の日本の文芸に対する象徴的地位に立つた歌人の一人もゐないことは確かである。歌人？――何も歌人に限つたことではない。二三の例外を除きさへすれば、あらゆる芸術の士の中にも、茂吉ほど時代を象徴したものは一人もゐなかつたと云はなければならぬ。これは単に大歌人たるよりも、もう少し壮大なる何ものかである。」

「赤光」の出現は「あらたま」へとつづくが、茂吉の新風は、近代短歌史上の画期的な歌集であったばかりでなく、歌壇広くは文壇にも大きな波紋をなげかけたわけである。

「あらたま」のころ

「赤光」の処女歌集で、輝かしい業績を示した茂吉は、大正期に入って、さらにその歌風を発展させていくことになる。大正二年八月号から「アララギ」は会員制度となり、茂吉が会計を担当し、千樫が編集にあたった。しかし、千樫の怠慢から、編集もはかどらず、茂吉や赤彦をいらだたせた。やがて、赤彦の上京を促すことになっていく。

島木赤彦は、長野県の郡視学で、当時三十九歳だったが、一切をなげうって上京することになる。「アララギ」は、千樫から茂吉に発行所を移し、六月号から新しく出直すこととなった。赤彦が上京したのは、大正三年五月で、本郷区（文京区）上富坂のいろは旅館に止宿した。同人らが集まって、「アララギ」の編集に努力し、遅刊・休刊がはじめてなくなった。また「アララギ」の会計整理のため百穂《ひゃくすい》画会を催した。十一月には、小石川区（文京区）白山《はくさん》御殿町に移り、雑誌に専念することとなった。この年の四月には、茂吉は紀一次女輝子（明治二十八年十二月十一日生）と結婚し、内輪同志二十名ばかりで披露の宴を設けている。結婚式はすんだが、ふたりの間は、生活のいろいろな面に不満となってでてくる。

この間、茂吉は「一本道」「一心敬礼」「とのゐ」「蝌蚪《おたまじやくし》」「朝の螢」「時雨」「小竹林」などの作品を「アララギ」誌上に発表し、「あらたま」的歌風を築きつつあった。

ふり灑《そそ》ぐあまつひかりに目の見えぬ黒き蛼《いとど》を追ひつめにけり
あかあかと一本の道とほりたりたまきはる我が命なりけり
かがやけるひとすぢの道遙けくてかうかうと風は吹きゆきにけり
ほのぼのと諸国修業に行くこころ遠松かぜも聞くべかりけり
やまたづのむかひの森にさぬつどり雉子《きじ》啼きとよむ声のかなしさ
かへるごは水のもなかに生《うま》れいでかなしきかなや浅岸に寄る
草づたふ朝の螢よみじかかるわれのいのちを死なしむなゆめ
片山かげに青《あお》々として畑あり時雨《しぐれ》の雨の降りにけるかも
ゆふされば大根の葉にふる時雨いたく寂しく降りにけるかも

大正四年からの作風は、しだいに内面的な深さと落ちつきを加えていった。「赤光」の主情的な悲歎の叫びは、奥に潜んで、対自然の態度は敬虔《けいけん》になってきた。大正四年夏、妻とともに、茨城県磯原、大津に過ごした。年頭二月には、長塚節《ながつかたかし》が九州大学の病院で亡くなり、年末には、祖母守谷ひでが郷里で没した。郷里にもどった茂吉は「冬の山」（祖母）其一以下三部四十八首の大作を作り、諦観のなかに透徹してきた作風は「あらたま」独自の境地を築きあげた。

もののの行《ゆき》とどまらめやも山峡《やまかい》の杉のたいぼくの寒さのひびき
いのちをはりて眼《まなこ》をとぢし祖母《おおはは》の足にかすかなる輝《ひび》のさびしさ
ふゆの日の今日も暮れたりゐろりべに胡桃《くるみ》をつぶす独言《ひとりごと》いひて
きのこ汁くひつつおもふ祖母《おおはは》の乳房《ちぶさ》にすがりて我《あ》はねむりけむ
おほははのつひの命にあはずして霜深き国に二夜ねむりぬ
おほははのつひの葬《ほう》り火《び》田の畔《くろ》に蚰《いとど》も鳴かぬ霜夜はふり火
おほははのみ霊《たま》のまへに香《こう》つぎて穉児《おさなご》なりし我をおもへり
この身はもかへらざらめやおほははを火炎《ほのお》に葬り七夜《ななよ》を経《へ》たり

「赤光」の衝動的・直情的な情熱の迸《ほとばし》りは、内にひそめられて、宇宙の運行のなかに息づく自然と人間の真の姿をみつめようとしている。

大正五年一月土岐《とき》哀果《あいか》（善麿）と「アララギ」誌上で論戦をはじめた。三月には長男茂太《しげた》が生まれた。茂吉は三十四歳となり、巣鴨病院では古株となり、医局長をつとめていた。夏には郷里の父を見舞ったり、吾妻山高湯温泉に遊んだりしている。この年は、作歌活動は盛んであり、歌壇にも独自の地位を占めるようになり、「短歌私鈔」（白日社）「続短歌私鈔」（岩波書店）を出版していくようになる。一方「アララギ」も、赤彦の責任のもとに、確実な足どりを示し、七月には、岡麓《おかふもと》も同人に復活した。釈迢空《しゃくちょうくう》も翌年三月には正式に同人となった。大正時代の「アララギ」時代が現出するようになったのである。

大正六年一月、茂吉は、巣鴨病院を引退した。養父紀一が衆議院に立候補するため、病院の方が手薄になったためである。七年間の巣鴨勤務は、歌作の方に熱中しがちであった。治療医学のため、長年にわたって勤務しただけで、前々からの留学も頓座し、医学研究も残すことができなかった。

七《なな》とせの勤務《つとめ》をやめて街《まち》ゆかず独りこもれば昼さへねむし
ひさびさに外にいづれば泥こほり蹄のあとも心ひきたり
うち競《きお》ふ心もわかず秘《ひそ》かなるかなしみごともなくなりにけり
おのづからねむりもよほすひるごもり障子のやれに風ふきひびく

巣鴨病院医局時代の茂吉

大正六年二月八日には、長塚節三周忌歌会を開いた。十月には、箱根宮の下に逗留して、歌作にふけったが、その折の「箱根漫吟」五十七首の大作は「あらたま」の歌境の高峰を示している。そこには、澄明《ちょうめい》にして適確な自然観照の作風が見られる。

ひむがしの海《うみ》の上《へ》の空あかあかとこのやまの峡間《はざま》に雨みだれ降る
やまみづのたぎつ峡間《はざま》に光さし大き石ただにむらがり居れり
かみな月十日《とおか》山べを行きしかば虹《にじ》あらはれぬ山の峡《かい》より
つかれつつ赤埴路《はにじ》ゆくわがまなかひにすでにあらはるる襞《ひだ》ふかき山
たたなづく青山の秀《ほ》に朝日子の美《うず》のひかりはさしそめにけり
石の間《ま》に砂をゆるがし湧《わ》く水の清《すが》しきかなや我は見つるに
山路をのぼりつめつつむかうにはしろがねの色に湖《うみ》ひかりたり
いにしへの碓氷峠《うすいとうげ》ののぼり路《じ》にわれを恐れて飛ぶ小鳥あり
薄波《すすきなみ》よる高野《たかね》こえきて山峡《やまがい》はいよいよふかし我《あれ》ぞ入りゆく
澄みはてし空の彼方《かなた》にとほざかる双子《ふたご》の山の秋のいろはや

箱根の旅から帰った十月末、長崎医専教授の話があり、何べんも考えぬいた末、同地に赴任することとなる。憲吉も文明もいない東京は、古い同人の数も少なくなり、赤彦中心に「アララギ」は編集されていくことになった。十二月十三日、歌壇有志の送別会に送られ、茂吉は長崎時代に入ることとなった。

「あらたま」は、大正十年一月一日の初版で、春陽堂から「アララギ叢書第十篇」として出版された。大正二年九月から大正六年十二月までの七百五十首を収めている。鷗外の文章から璞《あらたま》ということばを見い出して、歌集のタイトルとした。茂吉の、長崎時代に編集した歌集だが、その「あらたま編輯手記」の中で、次のように語っている。

「僕の第一歌集『赤光』を編んだ時、自分の歌の不満足なのをひどく悲んで、どうしようかと思った。それでも『赤光』を発行してしまふと、『赤光』以後の歌は僕の本物のやうな気がして、第二歌集には今度こそいい歌を載せられるといふ一種の希望が僕の心にあつたのである。そこで未だ発行もしない第二歌集に『あらたま』などと名を付けて、ひとり秘かに嬉しがつてゐた。」

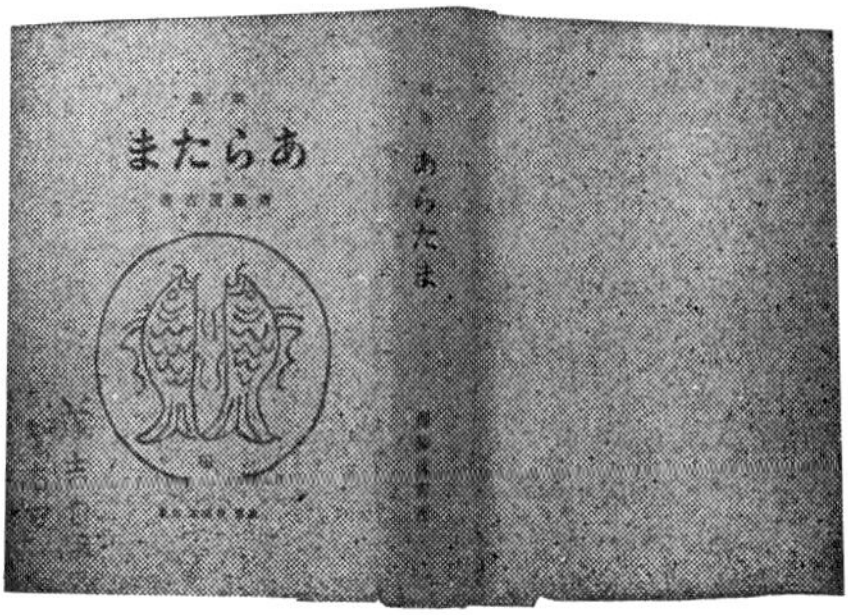

歌集「あらたま」初版本表紙

第二歌集「あらたま」は、作者茂吉のいうとおりであろうか。実作者としては、そのことばもうなずけるが、「赤光」は、初期から大正二年までの作品集である。「赤光」には修辞表現に奔放蕪雑の点もあろうが、水々しい感情が情動的に大胆に歌いあげられ、情熱的である。「あらたま」にくると、それが内に湛《たた》えられ、内面的深さをましてくる。諦念の世界といわれるものである。茂吉の生活環境や写生論の発展にもよるのだが、「赤光」の魅力は、第一歌集だけに強烈である。茂吉のいうごとく「あらたま」を完成したものとみてもいいが、「赤光」は「あらたま」に、決して劣るものではないだろう。

長崎時代

長崎のみなとの色に見入るとき遥けくも吾《あ》は来《きた》りけるかも

教授としての茂吉

茂吉が、長崎医学専門学校（現長崎大学医学部）教授となって、長崎に赴任したのは、大正六年十二月十八日のことであった。打ち合わせのため、その前月十一月上旬にも長崎を訪れていたが、こんどは教職の身となって生活するためである。

社会生活に入ってからはじめての地方生活であるし、長崎という九州の端の異国情緒ある町に行くということで、茂吉の心は、好奇と期待にふくらむのであった。東京では、アララギ主催の送別短歌会が開かれたが、その席上「わが住める家のいらかの白霜を見ずに行かむ日近づきにけり」という歌を作った。

単身、長崎に赴任した茂吉は、一時「みどりや旅館」の一室に住み、翌一月六日ごろ市内金屋町二十一番地の長屋に居を移し、女中いちと二人ぐらしの生活をはじめた。長崎医専の教授として、精神病学を担当するとともに、県立長崎病院精神科部長も兼任することになった。茂吉は鎖国時代の唯一の開港であり、南蛮文化の門戸であった長崎のたたずまいを愛した。暇さえあれば、大波止、稲佐海岸を散歩し、興に乗じては岸壁を去らず、夜ふけて帰宅した折などは、門を閉ざされて斎藤秀雄の宅に泊めてもらったことがあるくらいであった。ひとり身の不如意の生活であり、東京を去ってはるばる九州まできた茂吉の心境は、しぜん長崎の美しい山水に傾いていったのである。

遠く来てひとりさびしむに長崎の山の竹群《たかむら》に陽は当りをり
長崎の石だたみ道いつしかも日のいろ強く夏さりにけり
長崎の昼静かなる唐寺や思ひ出れば白きさるすべりの花
支那町のきたなき家に我の食ふ黒き皮卵《ぴんだん》もかりそめならず
朝明けて船より鳴れる太笛《ふとぶえ》のこだまは長し竝《な》みよろふ山

学校での講義のようすはどうであったろうか。教え子の清水貞夫は、同窓会雑誌「長九会」第六号で、次のように述べている。茂吉の風貌がうかがえて興味がある。

「有名な歌人であられる先生の事ではあり、頗《すこぶ》る名調子の才気横溢な講義をせられることと期待していたが、案に相違して先生の御風采の様に淡々とした、併し分り易い御講義であつた。東北人特有の悪くいえば、鈍重な、いささかズーズー弁交りの御講義ではあつたけれど、滋味掬《きく》すべき誠に親切な御講義であつた。難解な精神病学を嚙んで含めるように訥々《とつとつ》として、御説き下さつた。当時は、先生もまだお若く、四十歳前後であられたようだつたが、御人柄のせいでもあろうか、どこかとぼけた様な中に、大人の風があり、東北人特有なよさの中に、何処か毅然としたものが感じられて誠によい先生であつた。いつも気嫌がよく、親しみが持ててなつかしさを感じさせられた。時々御講義中にニコッと笑われたお顔は、童顔と申すのであろう。何とも云えぬやさしさがあつて、とても精神病学の様なむつかしい学問をやられる様には御見受け出来なかつた。」

翌大正七年には、一月から精神病学と法医学の講義を受け持った。長崎医専の精神病学教室は、石田昇教授であったが、同教授の留学中、二年間の約束で来た茂吉だが、石田の殺人事件が米国で起こり、大正十年三月までの三年四ヵ月を長崎で過ごすことになった。四月十四日には、やっと東中町五十四番地（現在の上町《うわまち》六の二七）に家を見つけて転居することができた。

移り来しいへの畳のにほひさへ心がなしく起臥《おきふ》しにけり
据風呂を買ひにゆきつゝ今宵また買はず帰り来て寂しく眠る
東京に残し来しをさなごの茂太も大きくなりにつらむか

長男茂太を連れて、妻輝子が長崎に来たのは六月であった。やっと、茂太をかこみ、落ちついた家庭生活を味わうことができた。

長崎時代、東中町の茂吉旧宅

四歳の茂太をつれて大浦の洋食くひに今宵は来たり
はやり風はげしくなりし長崎の夜寒をわが子外《と》に行かしめず

しばらくすると、茂吉夫妻の生活は、必ずしも平坦なものでなくなった。井上東の「長九会」によると、当時の口さがない学生たちは「奥さん、ちっとも先生の世話をやかず外出ばかりしなさるとゲナ」とか、茂吉の丸山通いなどもうわさしたとある。

かりずみの家に起きふしをりふしの妻のほしいままをわれは寂しむ

十月には、東京大相撲一行の長崎巡業があり、その頃序の口であった出羽嶽《でわがたけ》も一行とともに来て、茂吉の自宅に招かれた。「巡業に来ゐる出羽嶽わが家にチャンポン食ひぬ不足もいはず」の作がある。出羽嶽は斎藤文治郎といい、山形県中川村（茂吉のふるさとの隣村）の生まれである。大正二年、斎藤紀一が東京につれてきて、斎藤貞次郎の養子として入籍した。出羽ノ海部屋に入門し、関脇までなった巨漢である。青山脳病院で、二階に茂吉、階下に出羽嶽が暮していた時期があった。

十月輝子が帰京、十二月茂吉も上京、大正八年一月、夫婦そろって長崎に帰った。五月上旬輝子は帰京し、女中と二人暮らしの牛活となる。十一月、妻をよびもどしたが、茂吉は女中と二人の孤独な生活が多かった。

長崎を去るまで

長崎時代の茂吉の挿話《そうわ》から、人間茂吉を知るよすがとなるものを拾ってみよう。

大正八年の九月、東京に帰省していた茂吉夫妻が長崎に帰るときのことである。「長九会」第六号「長崎での茂吉先生の憶出」として、右田邦夫は、次のように書いている。

「或る日副部長の竹内さんが私の部屋に来て『今日東京から斎藤先生がお帰りになるので長崎駅迄お出迎えに行きませんかと誘われたので、駅までは近くはあるし、別に用とてもないのでお伴することにした。駅のプラットホームに立つて急行列車の到着を待つていた。やがて列車がホームに入つて来た。奥様が車窓から顔を出されたので、私達は二等車の窓際に駈けつけた。私はそこで荷物を受け取り、竹内さんは昇降口の方で先生のお降りになるのを待つていた。先ず奥様は降りて来られたが、どうしたことか、先生のお顔が見えない。乗客はすべて終点であるから降りてしまつたに拘《かかわ》らず、いまだに先生のお姿は見えない。奥様と竹内さんは、何かしきりに笑いながら私の方に近づいてこられる。私は狐《きつね》にでもつままれた様な気持でお待ちしていた。話をきいてみると、こうである。先生御夫妻は下関から連絡船で門司駅に着かれたそうである。そして、直ちに長崎行の急行に乗り込まれた。しばらくすると、先生は急に思ひついて、バナナを買つてくるといひながら、さつさと汽車を降りてゆかれたそうである。出発迄には少しは時間の余裕もあるので、奥様は別にお止めにもならなかつたらしい。そのうちにだんだん時間がたつても、先生は帰つてこられない。奥様は窓から顔を出して、今に先生が走つてこられはしまいかと見ておられる間に、汽車は汽笛を鳴らし、先生を置き去りにした儘《まま》出発してしまつたそうである。話を聞き終つて私等二人は、改めて大笑いをした。先生には、どこかこうした飄々とした所がおありになつた。私等は、何んだか肩すかしをくつた様な気持がしたけれども、何となく愉快になつて、家に帰つた。」

「旅に茂吉を憶う」という題で望月成人は次のように書いている。

「大正八年の夏、休暇を利用して、茂吉と二人連れの旅行をしたことがあつた。雲仙から島原へ、熊本を通つて阿蘇へ、そして最後に人吉に出て球磨《くま》川を下ると言う。約一週間で、あちこち飛び廻る忙しい旅程であつた。今お話しするのは、その旅行の途中でのことである。

始めに樹てた計画通り旅行を続けたいと僕は言い張つたが、ロマンチストの茂吉は、

『そうした窮屈な旅は真ッ平だ』

と言う。

『見聞をひろくするのは旅の二義的なもので、旅そのものを楽しむのが第一義でなければならぬ筈だ。だから、場合によれば計画を更《か》えて、気に入つた所に幾日でも逗留するがよい』

『樹てた計画の奴隷になつて、偓促《あくせく》と、たゞ表面的なものを見て廻るのは、旅の本質を理解しない没分《わか》暁漢《らずや》のやることだ』

『世の中にゆとりがなくなり、旅行も勢い計画的なものになり勝ちだが、たまには、旅の本質を味うような、何処を目当と定めず、日数も限らぬのんびりと愉《たの》しい旅がして見たいものだ』

と、旅行の本質を聴せてくれた。

その後、旅行に出るごとに、僕はいつもこの茂吉の言ったことを思い出している。」

茂吉は、蔵王のふもと、山国に生まれ育ったせいか、歩くことが好きだった。しぜん、旅も好んだ。大正七年夏には、阿蘇や別府に遊び、翌年は島原・熊本・阿蘇登山をしたり、秋には温泉獄(雲仙)や平戸に行った。大正八年五月には、長崎を訪れた芥川龍之介・菊池寛とあった。五月二十五日には吉井勇が長崎にきて、同好の士で歌会を開いたり、四海楼で宴を張ったりしている。

このころ大戦後のスペイン風邪と称する流行性感冒が流行していたが、大正九年の年が明けて、茂吉も感冒にかかってしまった。一時肺炎となり危ぶまれたが、病癒《い》えて二月末には病院に勤務するようになった。父紀一が衆議院議員選挙で落選した翌月、六月二日、茂吉は突如として喀血をみたのである。感冒が完全に治っていなかったことによるらしい。県立長崎病院に入院し、菅沼教授の治療をうけた。

闇深きにこほろぎ鳴けり聞き居れど病人《やみひと》吾は心寂《しず》かにあらな
くらやみに向ひてわれは目を開きぬ限りもあらぬものの静けさ
年若き内科医君は日ごと来てわが静脈に薬入れゆく

茂吉の病気を気づかって、島木赤彦・土屋文明《つちやぶんめい》・平福百穂《ひらふくひゃくすい》らが長崎に見舞にやってきた。信州から来た赤彦の友情に心から感動した。

長崎の暑き日に君は来りたり涙しながるわがまなこより

七月に退院し、輝子・赤彦らと温泉獄に転地療養に出かけた。八月、長崎にもどり、唐津に行き療養をつづけ、十月三日までいた。ここで歌集「あらたま」の編集整理を終えることができた。さらに、木場郷六枚板に滞在、「赤光」の歌の改作を行ない、改選「赤光」の草稿をまとめあげた。十一月になって、ようやく、学校と病院に勤務することができるようになった。この間「アララギ」に「短歌に於ける写生の説」を連載しはじめたのであった。茂吉は、長崎史談会に加わり、郷土史家と交わり、異色ある長崎の歴史に興味を持った。作歌に与えた影響を見のがすことはできない。

西坂を伴天連《ばてれん》不浄の地といひて言継ぎにけり悲しくもあるか
満ち足らはざる心をもちて入日さすキリシタン坂を下り来にけり
かかる墓もあはれなりけり「ドミニカ柿本スギ之墓行年九歳」

当時の長崎歌壇には、アララギ系・牧水系の瓊浦《たまうら》短歌会、うねび会があったが、アララギ派医専学生の門司如水らの阿蘭陀詩社など、茂吉の指導をうけることとなった。大正八年四月「紅毛船」が創刊された。「紅毛船」は、大久保仁男・右田邦夫・門司如水ら三十数名にのぼり、茂吉は第四号から寄稿した。「橘曙覧《たちばなあけみ》歌鈔」は、大正九年一月から十月にわたって掲載された論文である。「紅毛船」は、茂吉の指導をうけて順調に発展活躍したが、第十四号（大正九年十一月）で終刊した。

大正九年末には、妻とともに九州各地の遍歴を試み、一月上旬まで旅をつづけた。一月には、歌集「あらたま」（春陽堂）を刊行し、二月には恩師呉秀三教授の記念論文集のために医学論文「緊張病者ノえるごぐらむニ就キテ」を完成した。

　長崎を去る日やうやく近づけば小さなる論文に心をこめつ

大正十年三月十六日、思い出の長崎を多数の知友に見送られて去ることとなった。父紀一の経営している青山脳病院を引き継ぐ必要上、長崎医専を辞し、ウィーンに留学するためであった。長崎には珍しく雪が降っている三月十四日、暇乞《いとまご》いにまわったり、送別歌会に出席したりして忙しかった。

　長崎をわれ去りなむと暁の暗きにさめて心寂しむ
　長崎をわれ去りゆきて船笛《ふなぶえ》の長きこだまを人聞くらむか
　白雪のみだれ降りつつ日は暮れて港の音も聞こえ来るかな
　行く春の港より鳴る船笛の長きこだまをおもひ出でなむ

滞欧時代

わが心やうやく和《なご》み雪つもる独逸《ドイツ》のくにを南へくだる

ウィーン時代

欧州に着いた茂吉は、大正十一年（一九二二）一月十三日午前八時、ベルリンを出発してウィーンにむかった。けわしいアルプスの連峰はその山裾《すそ》をひいてこのウィーンで終わっている。オーストラリアは、Österreich といって、東の国のことで、ウィーンはヨーロッパの東の国の首府である。一月のウィーンは連日雪が霏々《ひひ》と降って、あの美しき青きドナウは、雪を浮かべて流れていた。一月二十日、神経学研究所にオットー－マーブルク博士を訪ねて、入所の許諾をとった。また、二十三日にはオウベルシュタイネル博士とはじめて会った。長崎医専時代の同僚であった笹川正男が留学していたので、着いたときは駅に出迎えてくれたし、万事好都合であった。旧知の友人がいることは心強く、よくいっしょに夕食をともにしたりした。そういうわけで、はじめての異郷における茂吉の生活は、気分的には順調であった。シュタイネル博士は、敬仰する精神科の碩学《せきがく》で師事しようとする茂吉の心はたかぶった。

大きなる御手《みて》無造作《むぞうさ》にわがまへにさし出されけりこの碩学は
けふよりは吾を導きたまはむとする碩学の髯《ひげ》見つつ居り

はるばると憧憬《あくが》れたりし学の聖《ひじり》のあたりに見てわれは動悸《どうき》す
門弟のマールブルクをかへりみて諧謔《かいぎゃく》ひとつ言ひたまひたり

茂吉の研究テーマは、「麻痺性痴呆者《まひせいちほうしゃ》の脳図」というもので、進行麻痺とよばれる脳梅毒の一種の研究であった。ボードレール・シューマン・モーパッサンがその病気であった。ニーチェも恐らくこの病気だったろうと茂吉は書いている。

茂吉のウイン生活は「オウベルシュタイネル先生」の文中に散見できる。「私は人車の往反繁き中央街区に行つてうまい夜食をしようともせず、燈火のまばゆい踊場に入つて、黒の紋付のまま私寓子《しぐうし》と相擁して踊るといふやうなことは一たびもなかつたのである」とも述べている。研究生活に没頭しながら、時にはドナウ川を見たり、ニーチェの墓を訪ねて旅をしたりした。また、カフェーでウィーン名物のコーヒーをのんで時を過ごしたりした。七月二十七日には、ドナウ橋側から外遊生たちとドナウ下航を試みている。

空合《そらあい》につづかむとするきほひにて「青きドナウ」は今日こそ濁れ
ドウナウをかへり見すれば大きなる河としなりて浪音《なみのと》もせず

カーレンベルグやレオポルツベルグなどは、アルプスの山々が曳く山裾となって傾斜している。ここから見おろすと、ドナウの大河が洋々と流れ、ウィーンの町を貫いているのが見える。ウィーンの茂吉は、よくドナウの河畔を散歩したり、岸辺に腰をおろして、川の流れをながめた。茂吉はドナウ川が好きであった。故郷の最上川を連想したことであろう。ミュンヘンに行ったときは、ドナウ源流行を試みているくらいである。マリヤテレサの像のある広場には美術館がある。そこも茂吉の好んだところである。そこには、ピエテル・ブリューゲルの絵もあるし、初期ロマン派のデュラーの絵もある。ウィーンオペラはドイツオペラとちがってまた優美である。ケラーでは、ウィーンのぶどう酒を酌《く》み、チタの音に旅愁をいやした。年若いウィーン乙女とも知り合いになった。ミチィというウィーン娘と、ラクセンブルクの古城やエヌス川の上流、ゲゾイゼの谿谷《けいこく》に遊んだこともあった。同僚とブダペストに旅行した折、

唐黍《とうきび》の赤毛のふさもなつかしと街上を来て足をとどむる
この都市も一たびボルシエヴイズムスに破れたる過去持つことを暫しおもへる

同年八月には、ドイツ旅行を試みた。フランクフルトーアムーマインやニュルンベルク・ビュルツブルク・ギーセン・ライン川・ボン・ケルン・ベルリン・ライプチヒなどと回った。

あわただしくこの都市に来て古城をも Dürer《デュラー》 の家をも見たり

ゲエテの家われも見めぐりおほよその旅人のごと出でて来りぬ

穉《おさな》きよりラインの河の名を聞きて今日現実《うつつ》なる船のうへの旅

Beethoven《ヴエトウフエン》 若かりしときの像の立つここの広場をいそぎてよぎる

Dom《ドーム》 にはしばしば入りぬ敗戦の悲哀示さぬここの Dom に

晩年のゲエテの名刺なども遺《のこ》しあり恋ひて見に来む世の人のため

シルレルの死にゆきし部屋もわれは見つ寂しきものを今につたふる

ニイチエもこの町に来て果てしかど好みてここに来《こ》しにはあらず

伯林《ベルリン》にやうやく着《つ》けば森鷗外先生の死を知りて寂しさ堪へがたし

大正十二年（一九二三）四月から五月にかけて、茂吉はウィーンでの研究をまとめ、そのほか「植物神経中枢のホルモンによる昂奮性に就て」や「重量感覚知見補遺《ほい》」を完成した。学位論文となったのは「麻痺性痴呆者の脳図」で、一八二ページにわたる大部のものであった。茂吉は、その論文に関し、「四月十四日（土曜）予の論文の印刷成る」として、その時の感慨を歌っている。

ぎりぎりに精を出したる論文を眼下《がんか》に見をりかさねしままに

眼前に在《いま》すごと Marburg《マールブルク》 先生に感謝ささげけり動悸《どうき》しながら

幾たびか寝《いね》られざりし夜《よる》のことおもふ憤怒《いきどおり》さへそこにこもりて

ウィーンでは、歌日記のように、ほとんど毎日歌を書きとめた。学位論文を書き、目的を果たした茂吉は、やっと肩の重荷をおろした思いであった。ヨーロッパに来たからには、旅をしなければ意味がない。名所旧跡ばかりでなく、美術もできるだけ見たかった。六月のよい季節が訪れると、茂吉はイタリアへ旅行を思いたった。イタリア紀行は、名所を尋ねたり、ローマ時代からルネッサンスまでの美術を鑑賞したりするのが目的であった。ゲーテがイタリア紀行したように、茂吉のイタリア旅行も、ベネチア・フィレンツェ・ローマ・ナポリ・ポンペイ・ヴェスヴィオ・ミラノとまわったが、南国のすばらしい風光とすぐれた美術を鑑賞することができて、有意義であり楽しい旅であった。

はなやかに成りしルネッサンスのいきほひを日々に吾が見て心ただならぬ
ミケランジェロのモーゼを見たり感動は我身に早《はや》もこもりてあらむ
レオナルドウの素描《そびょう》も幾つか此処に見ぬやみがたかりし巨匠ぞ彼は
うすぐらき維也納《ウインナ》街上をわれあゆみ羅馬《ローマ》のよるを楽しとぞおもふ

研究も完成したので、大正十二年七月、茂吉は諸方にあいさつまわりを終え、十九日、思い出多いオーストリアのウィーンを後にして、ドイツのミュンヘンに向かった。

歌集「遠遊」（岩波書店、昭和二十二年）は、大正十一年一月十三日ウィーンについた日から、翌年七月十九日ウィーンを去るまでの歌、六百二十三首を収めてある。茂吉が四十歳から四十一歳までの作となるわけである。

ミュンヘン時代

大正十二年（一九二三）七月十九日午後九時五十分、茂吉はミュンヘン駅頭に着いた。その翌々日の二十一日には、カイザー＝ウイルヘルム研究所、シュピールマイエルの教室にはいった。精神病学界に有名な国手、クレペリーン・シュピールマイエルらの学風を慕って、ミュンヘンに来たわけだが、研究テーマはウィーン時代にきまっていた。人間小脳の障礙《しょうげ》変化に関する病理学的研究であった。これは途中うまくいかず、改めて動物実験に移り「家兎の大脳皮質における壊死、軟化及組織化に就ての実験的研究」を完成することになる。

ミュンヘンの生活は、その止宿先がなかなかきまらないので、茂吉は、困ってしまった。しかし、十二月になって、やっと、ヒルレンブラント媼女《おうじょ》のところに転室して、落ちつくことができた。

夜毎に床蝨《とこだに》のため苦しみていまだ居るべきわが部屋もなし
これまでに種々《いろいろ》世話になりたるが今日よりは住処《すみか》をここと定むる

八月、異郷にあって、実父、守谷伝右衛門の死去のしらせを受けたが、どうにもできなかった。七月二十七日、父は故郷金瓶で亡くなったのだが、ドイツにいる茂吉の耳にはいったのは一ヵ月たってからであった。七十を越した父の訃音は、寿命とはいえ、茂吉の心を寂しくさせた。夜明けなどでは父の死は夢でなかろうかと思ったり、目の覚めているときは、いろいろと父のことを追慕した。

わが父が老いてみまかりゆきしこと独逸の国にひたになげかふ
七十四歳になりたまふらむ父のこと一日《ひとひ》おもへば悲しくもあるか

凶報はつづくもので、それから数日たつと、茂吉はまた東京大震災のニュースを夕刊で見ておどろいた。ニュースは日本地震を大きく報じ、五十万の人が死んだことを告げているので、茂吉の心は、妻子や故国のことが気になって、夜もろくろく眠れず、焦慮と不安のうちに部屋にこもるのであった。九月三日の歌

大地震《おおない》の焰に燃ゆるありさまを日々にをののきせむ術《すべ》なしも
東京の滅びたらむとおもほえば部屋に立ちつつ何をか為さむ
こよひまた Hofbräu《ホーフブロイ》 の片隅に友と来りてしづまりて居り

しかし、中村憲吉からの電報で、家族にも変わったことなく安全であるしらせをうけて、ようやく心が落ちついてきた。

ミュンヘンの生活は、ウィーン生活ほど快適ではなかった。為替相場は下落し、ドイツの経済状態は悪化しているし、ミュンヘンの暴れ者ヒットラーが事件をおこし、戒厳令《かいげんれい》が布かれたことなども起こった。故国から帰国を促す手紙がきても、茂吉はドイツにとどまることに決心した。十月で横浜出帆以来満二年の留学の日を迎えた。しかし、肝心の最初のテーマは、十二月になって抛棄のやむなきにいたった。

ヒットラー事件の判決ありて新聞にも街頭にも大きく写真出でゐる
維也納《ウィーン》のごとくカフエにて時を過ごすことミュンヘンにては心落《おち》居ず
小脳の今までの検索《けんさく》を放棄せよと教授は単純に吾にいひたる
業房の難渋をまた繰返しくらがりに来て心を静《しず》む

茂吉はシュピールマイエル教授のすすめで、動物の実験を選んだ。そして、研究が完成したのは五月二十八日であった。

研究の目鼻がついたころから、茂吉は旅行に出かけることが多くなった。四月にはドナウ源流行を試み、六月には、ベルヒスガーデンの旅、ガルミッシュ・チュビンゲン・フライブルク・ハイデルベルク・カッセル・ワイマール・イエナ・ライプチヒなどの各地を訪ねた。レッケンのニイチェの墓を訪れたとはき、感銘深い歌を作っている。もちろん、いたるところで歌作をつづけ、ウインと同じように歌日録の形で記録している。歌集「遍歴」となる作品だが、茂吉もいうごとく、この歌集は記録的な作品の傾向が強いことはまぬかれなかった。

高々とのぼり来れる城の門このあたり一帯の赤き石の門
かかる町の画廊にレムブラントが十五六ありたるを見て驚くわれは
Röcken《レッケン》のニイチェの墓にたどりつき遙けくもわれ来たるおもひす
フリードリッヒ・ニイチエがまだ稚《いとけな》く遊びゐたる池のさざなみ

ドイツの旅をつづけた茂吉は、ベルリンからミュンヘンに帰って、七月下旬、最後のミュンヘン生活を終えることになる。

我が部屋に一人こもりて荷づくりをするとき悲しみのわくこと多し
買ふべきものは大方買ひをはりTiez《ティーツ》に来て黒き麦酒《ばくしゅ》のむ
部屋代もすべてすまして明日発《た》たむひとり心をしづめてゐたり

一年《ひととせ》をここに起臥《おきふ》したりしかばHillenbrand《ヒルレンブラント》 媼《おうな》は泣きぬ

ホーフブロイの送別会に出た茂吉は、翌々日パリに向かった。ホーフブロイは、ミュンヘンの古いビヤホールで、生ビールを塩大根をさかなに飲むところである。音楽の伴奏もあるが、大衆的なビヤホールである。私もミュンヘンのホーフブロイでビールの杯をあげながら、茂吉を思い出したことであった。

帰国

七月二十二日ミュンヘン生活と別れをつげた茂吉は、まずパリに行った。七月、日本から来た妻の輝子とパリで落ち合って、ヨーロッパ各国旅行のプランをたてた。ロンドン・ブリュッセル・ハーグ・アムステルダム・チューリヒ・ルツェルン・ユングフラウからイタリアに行き、リオンからパリにもどった。十月十日から十一月二十六日パリを去るまで、四十余日、パリにいた。そして、その折々の見聞を歌によんだ。

秋づきしといまだいふにはあらなくにしとしとと降る巴里《パリ》の空の雨

雪吹雪《ゆきふぶき》ユングフラウのいただきに吹きすさぶるを現《うつつ》に見たり

ルウヴルはわれにには無限の感ふかしポチッエリひとつに相対《あいむか》ひても

セエヌ川の対岸よりのびあがりてアナトールフランスの葬送《そうそう》みたり

バルザックの大きなる像も原塑《げんそ》としてわれ見たるにかあらむ
ヴアン・ゴオホつひの命をはりたる狭き家に来て昼の肉食《にくお》す
エトワールの門に向ひて行進《こうしん》す仏蘭西《フランス》の国のいろいろの兵
古びたる伝統をもちて巴里《パリ》なるこの狂院はおろそかならず
落ちつもりし紅葉《もみぢ》を踏みて入り来《きた》るバルビゾンの森鴉《からす》のこゑす
しづかなるミレエ画境《がきよう》はこの森の中にこもりて現《うつつ》なるごと

大正十三年（一九二四）十一月三十日、榛名《はるな》丸に乗船して、マルセーユを出航した茂吉は、いよいよ帰国の途についた。今とちがって、船旅の長い航路である。ポートサイド・スエズ運河・紅海・印度洋・コロンボ・シンガポール・香港・上海と帰路をとるわけである。

十二月三十日、香港を出発し、日本も近くなりつつあったころ、翌日、青山脳病院全焼の無線電報を受け茂吉夫妻は愕然とした。二十八日に残り火の不仕末から全焼したのであった。

おどろきも悲しみも境《さかい》過ぎつるか言《こと》絶えにけり天つ日のまへ
船房にひとりひそみて罪ふかきなべてのもののごとくならむか
みごもりし妻をいたはらむ言《こと》さへもただに短しきのふもけふも

言《こと》なくてひれふさむとするあめつちにわが悲しみはとほりてゆかむ

茂吉の心は暗然たるものであった。灰燼《かいじん》に帰した建物、研究書籍類などを思い、これからさきのことを考えると、妊娠している妻をいたわることばもなく、黙然と深い悲しみにおちこむのであった。大正十四年一月五日夕方、船は神戸の岸壁についた。長いヨーロッパの生活をかえりみると、ほっとした気持ちにかられるのであった。しかし全焼した病院やこれからさきのことを考えると、茂吉の心は落ちつかなかった。すぐに汽車に乗り、東京に帰ったのは一日おいて七日の夜であった。

歌集「遍歴」(岩波書店、昭和二十三年刊)は「遠遊」につづく第五歌集である。大正十二年七月から大正十四年一月帰国まで、つまり、このミュンヘン時代の期間の歌八百二十八首を収めてある。

「遠遊」「遍歴」は、茂吉外遊時代の作をまとめた歌集であるが、故国にあって多忙な生活のなかに詠まれた歌日記の感がある。茂吉自身も、「遍歴」の「後記」で「本集の歌も『遠遊』の歌の如く粗末なものであるが、西洋の生活、西洋の風物をよんでゐるので、おのづからその特色が見えて、私自身のおもひ出となすことが出来る」と述べている。外遊時代の茂吉は、学位論文のための研究をとげたばかりでなく、欧州各国を遍歴し、すぐれた美術を鑑賞することができた。これは茂吉の近代精神の糧となったことは否定できない。また、茂吉の生涯にとってヨーロッパ時代はもっとも思い出の多い、また楽しい時期であった。

「ともしび」の時代

娑婆苦《しゃばく》より彼岸《ひがん》をねがふうつしみは山のなかにも居りにけむもの

茂吉夫婦が、ヨーロッパから帰国すると、待っていたのは、焼失した青山脳病院の火難のあと仕末であった。茂吉は、外国の楽しい思い出どころか、前途暗澹たる気持ちにおおわれた。思いもかけない災厄に、呆然として、余燼《よじん》の立っている焼け跡に立って見つめるばかりであった。土蔵にあった茂吉の蔵書は灰燼に帰し、ヨーロッパで苦心して集めた書籍も木箱につめられたまま、焼け失せてしまったのである。

苦難の時期

それでも、病院の敷地の西隅に、一部焼けこげた二階屋が残った。茂吉親子は、ひとまずそこへはいった。そしてその家の二階の広間を、茂吉は書斎・寝室・書庫とした。茂吉は生涯書斎らしい書斎にくらすことができなかった人であった。病院の焼け跡は、ローマ式建築の円柱が残るのみで、紀一は火事のショックでさすがに気力も衰えて、病院再建にも、手のまわしようもないくらいであった。運の悪いことには、火災保険が切れていたときだった。しぜん、茂吉が金策に奔走《ほんそう》しなければならなくなった。茂吉の道は、苦渋の道であったが、それを歩まなければならなかった。苦しいなかに、次のような歌を詠む茂吉であった。

焼あとにわれは立ちたり日は暮れていのりも絶えし空《むな》しさのはて
家いでてわれは来《こ》しとき渋谷川に卵のからがながれ居にけり
うつしみの吾《わ》がなかにあるくるしみは白ひげとなりてあらはるるなり
うつしみは苦しくもあるかあぶりたる魚《いお》しみじみと食べつつおもふ
焼あとに掘りだす書《ふみ》はうつそみの屍《かばね》のごとしわが目のもとに

春になると、茂吉の心も落ちつきをとりもどし、茂吉の文学活動は盛んとなってくる。四月には自選歌集「朝の螢」（改造社）が刊行された。一方、旅行もひんぱんとなり、五月になると、滋賀県蓮華寺に窿応和尚を見舞い、その足で赤彦と木曽に遊び、鞍馬渓・氷ヶ瀬をまわった。ヨーロッパから帰ってきて、はじめて日本の風光に接すると、また感慨も新しかった。

かなしかる願《ねがい》をもちて人あゆむ黒沢口《くろさわぐち》の道のほそさよ
さ夜《よ》ふけて慈悲心鳥のこゑ聞けば光にむかふこゑならなくに

七月二十八日には、比叡山の第二回アララギ安居会《あんごかい》に出席し、帰途、高野山にまわって熊野越えをした。留学中亡《な》くなった父伝右衛門の三回忌追善の回向《えこう》を高野山で行なって紀南にぬけた。

空海《くうかい》のまだ若かりし像を見てわれ去りかねき今のうつつに
うごきゐし夜のしら雲の無くなりて高野《たかの》の山に月てりわたる
いにしへにありし聖《ひじり》は青山を越えゆく弥陀《みだ》にすがりましけり
みなみより音たてて来し疾《はや》きあめ大門外《だいもんがい》の砂をながせり

八月から九月にかけて、箱根強羅《ごうら》にこもり「箱根漫吟の中」を作った。

しづかなる峠をのぼり来しときに月のひかりは八谷《やたに》をてらす
しらじらと谿《たに》の奥処《おくど》に砂ありて遊べる鳥は多からなくに
おのづから寂しくもあるかゆふぐれて雲は大きく谿《たに》にしづみぬ

十一月上旬には長崎に行き、憲吉とあい、中旬にはまた信州へ行き講演旅行を試みている。そして、そのたびに大部の作品を示して、作歌意欲は、苦境にあって、かえって高揚した観があった。留学時代の作品とは質を異にして、その作風も万葉の格調をふまえて、生命の衝迫が沈潜した叫びとなってあらわれてくる。茂吉の復活であり、新しい出発であった。これらの作品は歌集「ともしび」に収められる時期である。

大正十四年は、旅行もしたが、茂吉にとっては実に悲しくも苦難の年であった。家も病院も蔵書も烏有《うゆう》に帰したが、その再建となると、地主が退去を迫って裁判沙汰になる。欧州で妊娠した妻が百子《ももこ》を生む。茂太がチフスにかかる。紀一が松原で病院再建の工事に着手したが、金策のごたごたで、大晦日《おおみそか》近くどうにか片がつくといった具合であった。こうしたことで、茂吉は神経衰弱となってしまい、おちおち眠れない夜がつづき、文筆をたのしみながらも、その文章すら書けなくなってしまったほどであった。

大正十五年になっても、さまざまな困難な事情は、重なってきたが、やがて病院は完成し、四月にはいると松原村病院（現在の世田谷区松原町）は開業の運びとなった。そして、六月になって委託代用病院の認可もおりた。ここを本院とし診療所を分院とした。これまで起こった動産問題は、紀一よりむしろ茂吉が当面する問題となり、その難局処理のために苦しんだ。

赤彦の死とアララギ

大正十五年三月二十七日、島木赤彦が信州の柿蔭山房《しいんさんぼう》で亡くなった。「アララギ」再出発に、赤彦と苦楽をともにした茂吉の心は、赤彦の死はつらくまたさびしかった。茂吉は「改造」に「島木赤彦臨終記」を書いた。二人で「アララギ」を、仲よく相励み育ててきたのだが、その一人がついに幽冥《ゆうめい》境を異にしてしまった。もともと、赤彦が編集であり、茂吉には外遊時代もあったので、赤彦体制の「アララギ」であったが——。

赤彦はいまごろ痛みふかからむ赤彦しましねむらせたまへ

わが友は信濃の国にみまかりてひたすら寂しこの逝春《ゆくはる》を
うつし身と生きのこりつつ春山のこの寂しさに堪へざらめやも

五月、赤彦のあとを受けて、茂吉はふたたび「アララギ」の編集発行人となった。茂吉は「アララギ二十五年史」で「アララギ」との関係を「日光」事件と関連して次のように述べている。

「歌壇の一部では、斎藤茂吉が帰朝したなら当然アララギから去るだろうと噂してゐたといふことであった。これは赤彦君及びその門下生の専横のためにアララギに分裂を起したのだと解釈したのに基づいてゐただろう。然るに私は帰朝してもアララギを去らなかつた。」

茂吉にとって、何はともあれ、赤彦の死によって「アララギ」の重大な段階に遭遇し、「アララギ」の発展のために、またその内部の結束のために、編集名義人をひきうけたのであろう。昭和五年三月、土屋文明が発行人となるまで、内部対立はあったが、「アララギ」擁護のために内部を固めつつ、また外部の論難に対しては、容赦《ようしや》ない鋭い論争も展開したのであった。

昭和と改元したころから、茂吉の歌は従来の歌風とちがったものを示すようになり、昭和期の茂吉の第二期の歌風を樹立していった。


おのづからゆらぎつつゐる紙帳《かみがや》のなかに疲れてものをこそおもへ

あまつ日の無くなることを悲しみて踊りし神代おもほゆるかも
むなしき空にくれなゐに立ちのぼる火炎《ほのお》のごとくわれ生きむとす
寺なかのともりししろき電燈に蟷螂《かまきり》飛べり羽をひろげて

昭和二年四月、茂吉は養父紀一のあとをうけて、青山脳病院長となった。五月には、次男宗吉（北杜夫《きたもりお》）が生まれた。六月「アララギ」発行所を四谷区右京町六（現在の新宿区大京町）に移した。七月二十四日、突如として、芥川龍之介の自殺の報におどろいた茂吉は、八月になると古泉千樫の訃報を知った。芥川と茂吉の間柄は長崎時代からであり、芥川は茂吉の歌に心ひかれ、二人は親しい仲であった。茂吉が芥川の求めに応じて分け与えていた睡眠薬ヴェロナールを用いて自殺したのであった。芥川の自殺は、茂吉にとって「驚愕倒レンバカリ」であった。その死を悼んでを「澄江堂《ちょうこうどう》の主《ぬし》をとむらう歌」を詠んだ。

夜ふけてねむり死なむとせし君の心はつひに氷《こおり》のごとし
壁に来て草かげろふはすがり居り透《す》きとほりたる羽のかなしさ
やうやくに老いづくわれや八月の蒸《む》しくる部屋に生きのこり居り

千樫の死は、芥川の自殺のあとであったが、茂吉は、次の感慨を歌っている。

よろこびて歩《あり》きしこともありたりし肉太《ししぶと》の師のみぎりひだりに
うつつにし言いたきこともありしかど吾より先《さき》にいのち死にゆく

茂吉と千樫の二十年間の親友関係は、晩年千樫が茂吉をたよりにしていたが、茂吉と千樫には、言い知れぬ距離があったことはいなめない。

石榑《いしくれ》茂と論争

昭和二年二月「短歌雑誌」に、石榑茂《いしくれしげる》（五島《ごとう》茂）が発表した「短歌革命の進展」――アララギの反動化――という論文から茂と茂吉の論争は端を発した。「アララギ」時代となりつつあったとき、茂吉はその挑戦者を容赦しなかった。茂のチャレンジは、マルキストらしくきわめて戦闘的な筆勢であった。これを受けて立ったのが、茂吉であった。当時のマルクス主義を奉ずる文学者は、歌壇ばかりでなく、すべての分野にわたって、いわゆる古いものを打倒する意味で、既成の権威や秩序にむかって挑戦する傾向があった。歌壇などは、むしろおそすぎた憾《うら》みがあった。デモクラシー運動がおこり、労働運動が盛んになり、階級意識に目覚めた時代だけに、若い青年は、すべてマルクス主義にこもることがもっとも新しく、もっとも正しいという信条を持っていたころであった。歌壇では、生活派の歌人たちがマルクス主義に走るものがあった。そして歌壇の一大王国をなしていた「アララギ」打倒を主目的とするのは当然のなりゆきだったといえよう。

茂は、ブハーリンやプレハーノフの文学理論を根拠として、「アララギ」の在《あ》り方が「僧侶主義・無常観的・遁走的・「復古的」から「反動的」と烙印《らくいん》をおした。茂吉は、茂の論難に対して執拗《しつよう》にその駁撃にあたった。つまり俄勉強ながら、ブハーリン・プレハーノフのマルクス主義文献を漁り、原書をとりよせて、数回にわたって逆に茂の立場の弱点や盲点を突いた。この論争は、茂吉が茂に模倣餓鬼というレッテルを貼る仕末となったが、茂吉の論陣は真摯《しんし》のなかに陰惨さを伴わない稚気を感じさせるものがある。茂吉の論争は、つねにそうした雰囲気がただよっているが、本人は大まじめなことはいうまでもない。激しいことばを用いるが、それほど文字どおりひびかないところに、茂吉の人柄が出ているのであろう。茂が「アララギ」の赤彦門下であったことや、「心の花」に所属していること、師匠が信綱であることから、茂の足もとをすくうという論法をとった。茂が後に英国留学するまで、マルキストの成り行きを見守って、手きびしく攻撃したので、マルクス主義的短歌理論の展開でなく、茂の人間性、立場、その立論を突いて、なぜ「アララギ」だけを目標とせずに、自分の側をやらないのかという点にいたって、若い茂は敗走せざるを得なかったというべきであろう。しかし、茂吉の執念の強さ、舌鋒の鋭さ、けんかのうまさについては、後日の数多くの論争にも同じことがいえる。もちろん、茂吉の論争は、たえず優位にばかりたったわけではない。小宮豊隆《こみやとよたか》との「閑かさや岩にしみいる蟬の声」は、ニイニイ蟬（小宮）が優利だったし、長谷川如是閑《はせがわにょぜかん》との論争も、茂吉は深入りしなかった。こうした例はまだあるが、要するに茂との論争は「アララギ」に対する批判の声を、これによって一挙に片づける意図もあったのである。

養父斎藤紀一は、この年十一月十七日に六十七歳で熱海で死んだ。一代で病院を築きあげ、代議士にまでなって、医学界・政界に活躍した事業家とでもいうべき紀一は、茂吉にとっては一生の方向を決めてくれた恩人であった。浅草の日輪寺に葬ったが「籠喪《ろうも》」と題し、十首の歌を詠んだ。

かぞふれば明治二十九年われ十五歳父三十六歳父斯《か》く若し
働きて一代《ひとよ》を過ぎしわが父をひたにぞおもふ一家《うから》寄りつつ
今ゆのち子らも孫《うまご》も元祖《もとつひと》 Begründer《ベグリュンダー》 と称へ行かなむ
おもひ出づる三十年の建設が一夜に燃えてただ虚《むな》しかり
目《ま》の当《あた》り目の当りと年を経たるからほのぼのとせる悲しみもなし

火災で難局に当面した晩年の紀一は、しあわせではなかった。紀一が死んで青山脳病院は、名実ともに茂吉の双肩にかかってきた。

第六歌集「ともしび」（岩波書店　昭和二十五年）の刊行で、大正十四年帰朝から昭和四年までの四年間、九百八首を収めている。茂吉の四十三歳から四十六歳までの期間で、後記に「この歌集に『ともしび』と命名したのは、艱難暗澹たる生に、かろうじて『ともしび』をとぼして歩くといふやうな暗示でもあつただらうか」と述べている。

「たかはら」「連山」「石泉」の時代

高原に光のごとく鶯のむらがり鳴くはたのしかりけり

昭和四年一月には紀一の病没の心労も手伝って、茂吉は慢性腎臓炎になった。病中歌作も急に衰え、その数も少なくなって、月に一、二首ということもあった。しかし、一月「アララギ」連載の「左千夫歌集合評」に参加したり、四月には「短歌写生の説」(鉄塔書院)「新訂金槐和歌集」(岩波書店)を出版したりしている。八月は、「現代日本文学全集短歌篇」のために「明治大正短歌史概観」を執筆した。病気のため、食養生しながら多くの出版を引きうけ、しぜん歌作も少なくなったのである。

「たかはら」のころ

はかなごとわれは思へり今までに食ひたきものは大方《おおかた》くひぬ
近江《おうみ》のうみ堅田《かただ》の群れしかりがねはいつの頃まで居るにやあらむ

「短歌写生の説」初版本表紙

食養生のときの歌で、第二首は、健康なものは秋になってふたたびその堅田に安らかな生を営むだろうという意である。

九月、大石田《おおいしだ》に行き、最上川の濁流をみて歌を作っている。最上川は、茂吉の生涯愛着を持った川である。十三歳のとき、小学校の遠足ではじめて最上川を見てから、ふるさとの川に一生心ひかれ、数多くの最上川の歌をよんだ。最上川は茂吉にとってふるさとの母ともいうべき川であった。

秋に入るみちのく山に雨降れば最上川のみづ逆まき流る
われいまだ十四歳にて庄内へ旅せし時に一夜《ひとよ》やどりき
さ夜なかとなりたるころに目をあきて最上川の波の音をこそ聞け

十一月には、立川飛行場から朝日新聞機に便乗し、「虚空小吟」其一から其五まで、五十六首の大作を作っている。

直《す》ぐ目のしたの山嶽よりせまりくる Chaos《カーオス》 きびしきさびしさ
まむかうの山間《さんかん》に冷肉《ひやにく》のごとき色の山のなだれはしばらく見えつ
丹沢《たんざわ》の連山《れんざん》に飛行機のかかるとき天《あめ》のもなかに冬日小さし

うねりたる襞《ひだ》にふかぶかと陰《かげ》ありて山のじやくまく見れど飽かぬかも
西北より発して今しがた銀座の上空を過ぎしはあはれあはれ看忙《かんぼう》のためならず
谷合《たにあい》をひとときに見て飛行すれば現象の此岸《しがん》に心かなしむ

ジェット機の航空時代の現代ではあまり珍しくない体験だが、当時としては、飛行機塔乗は新味のある経験であった。土岐善麿《ときぜんまろ》・前田夕暮《まえだゆうぐれ》・吉植庄亮《よしうえしょうすけ》の三人で、朝日機に乗せてもらったときの歌である。前にもふれたが、世界が新しいだけに、見方にも表現にも茂吉は骨を折った。いろいろと苦心し、新しい試みをあえてしたが、一般批評は、茂吉のことばを借りるならば「消極的というよりは寧《むし》ろ積極的な痛罵であった」と述べている。しかも、従来の歌調とちがった新しい試みとして、茂吉短歌の記念すべき労作である点で注目すべき作品といえよう。

十月、次女昌子が生まれた。そして、十二月には、改造社の「現代短歌全集」の一冊として「斎藤茂吉集」(島木赤彦と合編)が出版されたし、「アララギ」発行所が、右京町から青山南町六丁目に移った。昭和五年三月には、土屋文明に「アララギ」の編集発行人を渡し、太田水穂《おおたみずほ》との論争が始まった。いわゆる病雁論争である。茂吉が、昭和四年十一月に発表した。

よひよひの露ひえまさるこの原に病雁《やむかり》おちてしばしだに居《い》よ

みづうみにゆふぎりがくり啼《な》きながら屯《たむろ》する雁《がん》も安からなくに

作品を太田水穂《おおたみずほ》が、芭蕉句を摸倣したと評したのに端を発し駁反駁八カ月にわたって論争が展開された。水穂は「斎藤茂吉追討記」を書くや、茂吉の反撃はいっそう熾烈《しれつ》をきわめた。芭蕉の句「病雁の夜寒に落ちて旅寝かな」をめぐり、茂吉は、揚誠斎《ようせいさい》の漢詩「病雁」を引き反論した。水穂は「アララギ」の写生説は堕《だ》落《らく》し、「潮音《ちょうおん》」に降参したともいい、象徴論争では見解を異にする仕末であった。茂吉は水穂の歌を難じ、「欺瞞漢水穂の面皮を剝ぐ」といった論陣を張り、泥試合の観を呈している。模倣餓鬼石榑茂と難じた茂吉の本領が、水穂に向かって発せられたわけである。茂吉の徹底した執念は、水穂の「アララギ」批判をおさえ、「アララギ」卒上主義には大きな役割を果たすことになった。

七月には、茂太を伴い帰省、出羽三山にと山寺に参拝している。茂吉が実父に連れられて、十四歳のとき湯殿山に初詣りしたのにならったわけである。こんどは自分の長男を連れて参拝した。三山に行く行程は、壮丁《そうてい》も頑健なものだけがやれる難行であったが、茂太が十四歳で三山参拝を遂げたことは、聖代のたまものであると述懐をもらしている。

羽黒道《はぐろみち》まうでて来ればくれなゐの杉のあぶら落つ石のたたみに
羽黒山の高杉の秀《ほ》を仰ぎつつわが聞きて居る鷺《さぎ》の子のこゑ

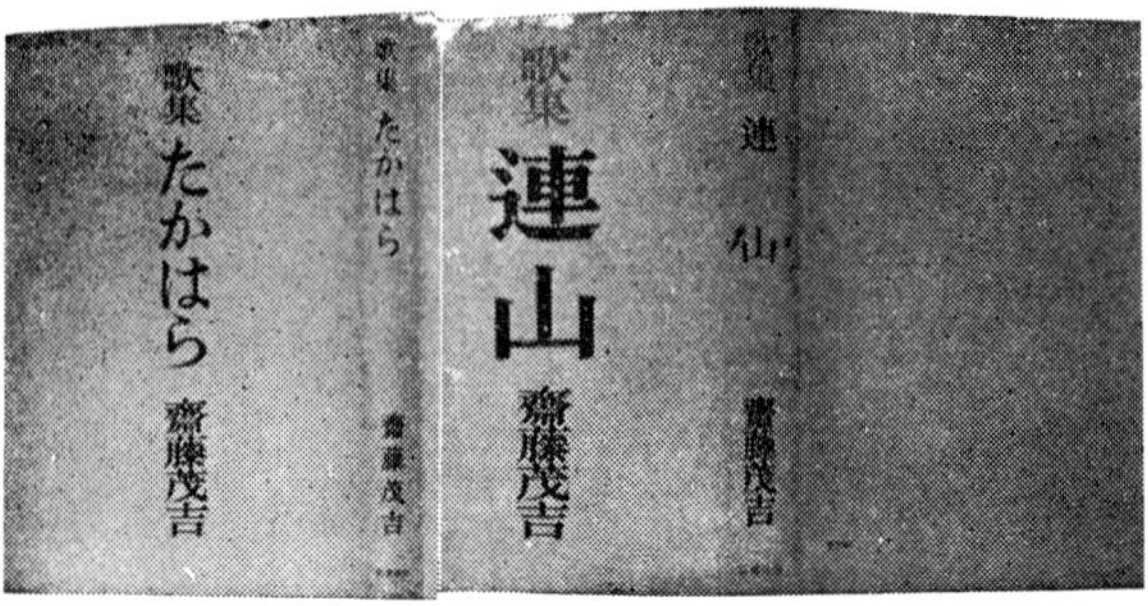

歌集「たかはら」「連山」初版本の表紙

「念珠集」（鉄塔書院）が出た八月には、高野山清浄心院の「アララギ」安居会に出席し、帰途、吉野・大和を回っている。

おく谿《たに》はここにもありてあかあかと高野《たかの》の山に月照りにけり
紀伊《きい》のくに高野《たかの》の山の月あかししづむ光を見つつ寝にける

第七歌集「たかはら」（岩波書店、昭和二十五年）は、昭和四年・五年の作品を集めて上梓した歌集であるが、茂吉の四十七歳・四十八歳のときにあたる。四百五十首収めてあるが、前の「ともしび」と異なり、自然観照の歌が多くなっているのが目立っている。

満洲旅行

昭和五年十月から十一月まで、満鉄の招聘《しょうへい》で満洲処々を旅行した。大連・旅順・金州・千山・鞍山・奉天・撫順・長春・満州里・哈爾浜《ハルビン》・吉林などを回遊した。満鉄の案内役八木沼と奉天で別れ、京城で平福百穂らとあい、日本に帰る途次、小郡駅で中村憲吉の出迎えをうけ、三人で石見《いわみ》益田・出雲大社を経て、広島の憲吉宅に落ちつき、十一月三十日帰京した。この満洲旅行吟は、昭和十五年になってようやく箱根で紀行文を添え整理された。「作歌四十年」で、茂吉は「その歌集『連山』と題して、七百五首を収めたのであるが、この集の歌は右の如き次第であったから、ヨーロッパ滞在中の歌同様、乱作の部類に入れるべきものである」と記している。

わが兄の戦ひたりしあとどころ蘇麻堡《そまほ》を過ぎてこころはたかぶる
太陽の紅き光はくろずみて奉天のはてに入りゆかむとす
松花江《しょうかこう》を吾等わたりぬ日の光あをじろく低きが背向《そがい》になりて
曇《くもり》のなかに憂欝に白き太陽みゆ興安嶺《こうあんれい》を過ぎて走れば
雪降れる冬野を照らす月かげは興安嶺の西になりたり
松花江《スンガリイ》の空にひびかふ音を聞く氷らむとして流るる音を
眼《まな》したにひびきをあげて氷り居《お》る吉林《チーリン》の河はおそろしきまで
まどかなる天《あめ》をかぎりて蒙古野《もうこの》のきらへる涯に陽は落ちむとす
天津《てんしん》の城内にいま天つ日落つ紅色《こうしょく》になりてはや光なし
昆明《こんめい》の地海《ちかい》の上に風のむた寒き浪よる水脈《みお》のひかる間《ま》
紫紺《しこん》の三蓋《さんがい》をもて空に涵《ひた》りたるこの天壇をあふがざらめや

歌集「連山」は、異郷の旅行吟であるが、前歌集「たかはら」時代のものといえよう。

「石泉」のころ

昭和六年二月、まだ寒い東北の仙台に行き、松島の瑞巌《ずいがん》寺に詣でた。東北大学にいた木下《きのした》杢太《もくた》郎《ろう》（医学博士太田正雄）とも会った。若葉の五月、初夏だというのに、流行性感冒にかかり熱海に転地療養し、那須に移り、ようやく元気になった。しかし、この年には、茂吉は二つの不幸にあわなければならなかった。幼少のころからずっと精神的感化をうけた蓮華寺の佐原窿応上人が、八月に亡《な》くなった。また、つづいて十一月には、故郷金瓶で長兄守谷広吉が逝去した。茂吉の身辺に縁の深かった人たちが次第に死んでいくことは茂吉の心を寂しくさせていった。

「窿応上人挽歌」「昭和六年八月十日暁天窿応上人近江蓮華寺に遷化《せんげ》したまふ。御年六十九にいましき」として、十首の歌をよんでいる。

信濃路にわがこもれりしあかつきや窿応上人の息たえたまふ
番場《ばんば》なる蓮華寺に鳴くこほろぎのこゑをし待たず逝きましにけり
常臥《とこぶし》に九《ここの》とせ臥《ふ》したまひけり近江のみ寺ふゆさむくして
みほとけに茶呑茶碗《ちゃのみちゃわん》ほどの大きさの床ずれありきと泣きかたるかな
ともしびの蠟《ろう》ともりつつ尽きてゆくごとくひぢりは病みていましき

あらがねのつちゆくみちにここのとせ一足《ひとあし》だにもあゆみたまはず
法類《ほうるい》は泣きなげけどもうつせみの息《いき》たえたまひいさごのごとし
右がはの麻痺《まひ》に堪《た》へたる御体《みからだ》ぞとおもへば九《ここの》とせは悲しくもあるか
しづかなる土にはふらずなきがらは炎に焼きぬ山のうへはや
近江路《おうみじ》はあつさきびしくありつらむ篁《たかむら》なかの臥処《ふしど》なりとも

その年の九月、長兄広吉が故郷で病むときいて、見舞うため金瓶に帰省したが、その折の歌が「柿紅葉」十五首である。

よろこびて我をむかふる兄見つつ涙いでむとすはらから我は
もの音もけどほくにして病みて臥す兄の枕べに床をならべぬ

しかし、その効もなく同年十一月十三日、五十七歳で長兄広吉は亡くなった。

うつせみのいのち絶えたるわが兄は黒溝台《こくこうだい》に生きのこりけり
やうやくに冬ふかみゆきし夜のほどろ兄を入れし棺《かん》のそばにすわりぬ

田のあひにあかあかとして燃えゆける兄のなきがらかなしくもあるか
近山《ちかやま》も雪もよひして兄の亡骸《なきがら》をひと夜《よ》のうちに葬《ほうむ》りはてぬ

昭和七年のはじみには、岩波講座「日本文学」のために「源実朝」「近世歌人評伝」を執筆したが、前年は同じく「正岡子規」を書いている。その他、「短歌声調論」「短歌初学門」を書き、三月は修善寺温泉に遊んだ。下旬には大学時代からの恩師呉秀三博士が病没した。「岩波講座源実朝を草す」として、

鎌倉のきびしくうごく代にありて殺されし君うたびとにあはれ
ふゆの夜の更《ふ》けゆけるまで実朝《さねとも》の歌をし読めばおとろへし眼《め》や
もの書きつぐわれのうしろにおもほえず月かたぶきて畳《たたみ》を照らす

北海道には次兄富太郎がいた。茂吉は八月、上山にいる弟の高橋四郎兵衛を伴って、北海道志文内に次兄守谷富太郎をたずねた。その足で北海道の各地を回り、九月に十和田湖・上山・那須を経て帰京した。北海道巡遊は多くの歌を生んだが、兄弟三人が旭川に会合し、ともに旅を楽しんだことは、長兄なきあとの孤独感と寂寥感もあって、感慨深いものがあった。

つかれつつ汽車の長旅《ながたび》することもわれの一生《ひとよ》のこころとぞおもふ
やまめ住む川のながれとおもふさへ身に沁むまでにわれは旅来《き》ぬ
おのづから一夜《ひとよ》はあけて山峡《やまかい》やはらから三人《みたり》朝いひを食ふ
兄も吾も心したしくもの言ひつつ石狩川のみづに手ひたす
三人《みたり》して林檎《りんご》の園に入りて来つ林檎のあひを潜《くぐ》りてぞ行く
北ぐにのはての港とおもひつつ弟と二人《ふたり》街《まち》歩き行く

この旅の歌は、歌集「石泉」昭和七年の大半を占める力作だが、多くは旅行吟である。次兄を志文内に尋ねた折の歌には、次のような作品がある。

山なかにくすしいとなみゐる兄はゴムの長靴を幾つも持てり
うつせみのはらから三人《みたり》ここに会《あ》ひて涙のいづるごとき話す
雪ふかきころとしなればこの村の駅逓所《えきていじょ》より馬も橇《そり》もいづ
笹むらしげりなだれしこの沢を熊は立ちざまに走り越ゆとふ
しみじみとみちのく村の話せりまづしく人の老ゆる話を
二里奥へ往診をしてかへり来し兄の額より汗ながれけり

妻運《つまうん》のうすきはらからとおもへども北ぐににして老《おい》に入りけり
過去帳を繰るがごとくにつぎつぎに血すぢを語りあふぞさびしき

昭和六年ごろから、時局はファッショ化しつつあった。軍部によるクーデターの陰謀が、次々と企てられた。昭和六年には満洲事変、翌年一月には上海事変がおこり、日中戦争へと戦火はひろがっていく。三月には、満洲国建国宣言となり、五月には、かくれた陰謀が表面化して五・一五事件となった。海軍の一部青年将校は首相官部を襲い、犬養首相をピストルで射殺する事件となった。

おほつぴらに軍服《ぐんぷく》を着て侵入し来るものを何とおもはねばならぬか
卑怯なるテロリズムは老人の首相の面部にピストルを打つ

しかし、こうした日本のファッショ化は二・二六事件をひき起こし、次いで第二次ファッショ化は軍部が政権を握って太平洋戦争に突入していくことになるのであった。その武力革命によるテロリズムを憎んでも、ファッシズムの革命は着々と成功していったのは、軍国日本の必然的な勢いであった。茂吉は、五・一五事件ばかりでなく二・二六事件に対しても、その秩序を破壊する暴力に対して憤激の念をもらしている。
こうした時代にあって「石泉」は世相に関する時事詠はなく、多くは自然詠に満たされている。「石泉」(岩波書店、昭和二六年)は、第八歌集として一〇一三首(全集本一〇二五首)を収めている。

「白桃」「暁紅」「寒雲」のころ

ただひとつ惜しみて置きし白桃《しろもも》のゆたけきを吾は食ひをはりけり

「アララギ」二十五周年

昭和八年「アララギ」一月号は「二十五周年記念号」として発刊され、東京会館でその祝賀会が開かれた。「アララギ」は昭和七年十月をもって、創刊満二十五周年を迎えたわけである。「アララギ」の編集やその育成に力をつくしてきた二十五年の歩みを回顧すれば、茂吉の心はいい知れぬ感慨の波がおしよせるのであった。

アララギも二十五年を経たりけりアララギをおもへば涙ぐましも

大正期の歌壇にアララギ派がその主流をなし隆盛を見たのは、客観的情勢や社会的地盤があったことが大きな原因だが、茂吉にすれば、時勢とともに写生論を発展させ指導歌論を確立するに努力したし、また「アララギ」に対する批判勢力を、茂吉一流の駁論をもって粉砕してきた。そうした「アララギ」と自分との長い関係が今さらのごとく思い出されるのであった。

斎藤家の嗣子西洋が結婚し、病院経営も軌道にのって茂吉の生活も清安であった。ヨーロッパから帰って、苦難困渋の道を歩んできた茂吉にとっては、この年ごろから、生活的にも安定してきたのであった。三月には山口茂吉・佐藤佐太郎とともに、千葉県柴崎《しばざき》沼に残雁を見に行った。四月、妻輝子とともに佐原窿応上人本葬参列のため、近江《おうみ》蓮華《れんげ》寺に至り、さらに比叡山・鞍馬山・京都に遊び、広島に療養中の中村憲吉を見舞った。また、伊香保にも足をのばして旅塵を洗っている。「残雁行」では、

あまのはら見る見るうちにかりがねの一つら低くなり行きにけり
春の雲かたよりゆきし昼つかたとほき真菰《まこも》に雁《がん》しづまりぬ

万葉調もおおらかなものとなり、ことばも順調に運ばれ、茂吉の歌風も一つ変化している感じである。はげしさがなくなって、平静な境地にあるともいえよう。歌集「白桃」の後記にも、天然に観入した歌が存外多いと、安定した旅行吟の心懐を語っている。それらの歌をもっと見てみよう。

法類《ほうるい》は涙ながして石かげに白きみ骨《ほね》をうづめをはりぬ
かぎりなく丹波《たんば》の山はおきふしてそれより目路《めじ》は鞍馬にむかふ
幾つ山おきふし居りて一谷《ひとだに》を光てらせり明るくもあるか
木《こ》ぐれ道たひらとなればやすやすと吾は歩ける話もせずに

しばらくは尾根《おね》歩き来てわが妻も黒谷《くろだに》道をおりゆきにけり
現在《いまのうつつ》なるこよひは寂《しず》かにて杉まの砂に月照りにけり
栄西《えいさい》のしたる庵《いおり》はたかむらを前にして谷をひとつ隔てぬ
日もすがら庭を清むとここにゐる僧のひとりはしはぶきをせり

五月には、春陽堂の「万葉集講座」のために「万葉短歌声調論」を執筆し、また「新選秀歌百首」（改造文庫）を出版した。また同月二十日、千葉県の鹿野山《かのざん》・清澄山《きよすみさん》に旅行して、吉尾村に古泉千樫の展墓をなした。七月にはいってから、岐阜の長良川に鵜飼《うかい》を賞し、八月には「アララギ」安居会に出席し、伊賀の幻住庵址・坂本・大津・石山から伊豆の嵯峨沢《さがさわ》温泉に遊んだ。翌月には、妻輝子と軽井沢・草津・四万《しま》温泉とまわり、十月、箱根強羅《ごうら》の山荘に行ったりして旅を満喫している。

白雲は谿《たに》をうごきてのぼれども山の高野《たかの》に消《け》たりけるかも
そびえたる二山《ふたやま》のあひの山のうへの空はつかに明《あか》し信濃の方に
上野《かみつけ》の春の山より北空《きたぞら》の雲をし見ればとほく乱れぬ
あをあをと九十九《くじゅうく》谷《たに》のわたれるを中《なか》つ空より見て居《お》るわれは
青淵の中より舟にのぼりつつ鵜《う》らは幾つも身ぶるひをせり

碓氷川の水のみなもとはおのづから砂もりあげて湧きいでにけり

白骨《しらほね》温泉・上高地に行った十月ごろから「柿本人麿私見覚書」の執筆をはじめた。柿本人麿研究の大著作にとりくむこととなったわけである。万葉集の大歌人である柿本人麿研究は、茂吉の研究のライフワークとなった。

旅に暮れようとした昭和八年も十月下旬となって、安静な気持ちをゆるがすことが起こってくる。平福百穂が、秋田県横手町で脳溢血でたおれた。百穂とは「アララギ」草創期から深い関係にあり、茂吉との個人的な生活面でも交渉が深かった百穂の死は悲しかった。

横手よりしらせがありてひとりなる旅のやどりに涙しながる

赤彦が死に、百穂が去ると、茂吉の心は、古い仲間が欠けてガランとした空虚さがみちてくるのであった。

「白桃」のころ

つづいて、昭和八年十一月八日の新聞に掲載された上流社会の醜聞に関連して、輝子は茂吉と別居することとなった。そのため茂吉は副院長に院長退任の意志を表明するが、結局名儀はそのままとなり、茂吉は四ヵ月にわたって蟄居《ちっきょ》の生活に入る破目となった。茂吉の心は苦しみにあふれていた。また、茂吉の心は悲しみにあふれていた。ともすると憤りの念がむらむらともえあがってもくるのであった。そうした心境にあって、茂吉が、人麿評釈に専念した気持ちが察しられる。茂吉自らいっている精神的負傷が、作歌の上に反映しないことはない。茂吉は、吉井勇が体験したと同じ境遇にあったといえよう。東北人らしい忍苦の人柄は、茂吉の性格にもあった。こうした忍従の生活は茂吉の人生の歩みのなかにも、たびたびあった。その苦しみに耐えながら心の中にむらむらとおこってくる悲しみと怒り、それが悲歌となってあらわれたともみるべきであろう。人麿の歌に接しながら、「過ぎ来つる五十二年をうたかたの浮びしごとくおもふことあり」のような寂しさをまぎらわすこともできたのであった。「白桃」の後半昭和九年の歌は、悲歌となって、そこに茂吉の気持ちが吐き出された。一月二十三日、上山の弟のところに行き、三月、また訪ねたのもこの家庭のいざこざのためであった。「上ノ山滞在吟」は、茂吉の当時の心境がうかがえる。

歌集「白桃」初版本の表紙

みちのくの山を蔽《おほ》ひて降りみだる雪に遊ばむと来《こ》しわれならず
上《かみ》ノ山《やま》の町朝くれば銃《つつ》に打たれし白き兎はつるされてあり
いとけなかりし吾を思へばこの世なるものとしもなし雪は降りつつ

弟と相むかひゐてものを言ふ互《かたみ》のこゝろは父母のこゝろ
みちのくの雪乱れ降る山のべにこころ寂しく我は来にけり
この雪の消《け》ゆかむがごと現身《うつそみ》のわれのくやしき命か果てむ

「折に触れたる」（二月吟）にも、心の哀傷を歌って日録的に嘆じている。茂吉にとって、いかに屈従と忍苦の日々であったかがわかる。

うづくまるごとく籠りて生ける世のはかなきものを片付《かたづ》けて居り
二十年つれそひたりし吾が妻を忘れむとして衢《ちまた》を行くも
かなしかる妻に死なれし人あれどわれを思へば人さへに似ず
しづけさを恋ひに恋ひつつ曇り日の鎌倉山をわれ歩きけり
独孤《ひとり》なる心にもあるか谷の入り 細篁《ほそたかむら》をとほりて来《く》れば
悲しみてひとり来《きた》れる現身《うつせみ》を春の潮のおとは消《け》たむか

茂吉を理解するには、茂吉を育てたみちのくの風土と精神を知らねばならない。また、茂吉の生活や人柄を知らねばならぬ。茂吉の自己表現は心奥《しんおう》から発しているし、自我に徹している。茂吉の歌には、何かがあるとよくいわれるわけである。その何かは、神秘的なものでもなく、思わせぶりのものではない。茂吉自身の心奥の生命である。それは、深く沈潜して、心の底に強く何かを訴えようとしているものである。茂吉の歌は、茂吉の真の生活を知らないとよくわからない場合が多い。なぜならば、茂吉は、それを抒情的にしか訴えていないからである。「かなし」「さびし」「あはれ」の咏嘆は、茂吉の観念的な抒情の叫びでなくて、せっぱつまった心の叫びなのである。茂吉の人生行路は、養父によって作られたコースであった。留学・学位・医者・幼妻《おさなつま》、しかし、茂吉は、その人生行路について反逆はしなかった。すべてが苦難の道ではなかったが、茂吉の人生を決定していったものに対する恩義も忘れなかった。露伴の修養ものにあらわれた人生訓、または露伴の万有観・運命観・生命観も心の支柱となったことは否定できない。精神的な苦難は、すべて心底に沈潜し、それに耐えて生きていく忍苦は、歌によって、そのはけ口となった。歌は茂吉の生のカタルシスであったともいえよう。そして、茂吉生涯の短歌の底流は悲劇的なものといえる。

五月五日、中村憲吉は尾道の療養先で死んだ。百穂が逝き、憲吉が死ぬと、茂吉と行をともにした「アララギ」の古い仲間は麓・文明だけとなった。

こゑあげてこの寂しさを遣《や》らふとはけふの現《うつつ》のことにしあらず
石見《いわみ》なる三瓶《さんべ》の山を見つつ行きただ三人《みたり》のみ君あらなくに

蔵王山頂のお釜をのぞむ

「布野《ふの》に中村憲吉君を哀悼す」とあって終わった作だが、この三人は茂吉と土屋文明と岡麓であった。赤彦・千樫・百穂と古い同人は欠けていき、身辺はとみに寂寥を加えていった。それに加うるに、茂吉の身辺の精神的いたでで茂吉の心の悲嘆が察しられる。この年自ら戒名を作った。

八月には、高橋四郎兵衛の計画により、蔵王山熊野岳山頂に歌碑が建立された。生存中歌碑のための歌を作って建立した唯一の歌碑である。そのほかに、八王子市の歌碑が晩年に建てられた。歌碑の体をなさないが、上山市にもある。蔵王山頂の碑に刻まれた一首、

陸奥《みちのく》をふたわけざまに聳えたまふ蔵王の山の雲の中にたつ

十一月には、年初からとり組んだ柿本人麿の執筆も「総論篇」(岩波書店)を出版し、「鴨山考」は七月に実地調査して稿を進めていた。

柿本人麿の歌読み居りてときには吾は声をあげつつ

「柿本人麿」といふ書《ふみ》をつくり今日の日ごろは瘠《や》せたるらしき

岩波茂雄の斡旋《あつせん》で、少年のころから敬愛していた幸田露伴と、はじめて熱海ホテルで会うことができた。

年久しく慕ひまつりし君ゆゑにけふわが心ゆたけくもあるか
冬の海玻璃窓《はりど》の外《そと》に近くして露伴先生と同室に居り

歌集「白桃」（岩波書店、昭和十七年）は昭和九年、十年の時代の作品を集め、一〇一七首を収めている。第五歌集であるが、「寒雲」「暁紅」におくれて出版された。

「暁紅」のころ

昭和十年一月、「アララギ」に「童馬山房夜話」を連載しはじめるとともに、畢生の研究事業である人麿研究を進めていった。四月には憲吉の墓詣りをしたが、さらに石見《いわみ》国（島根県）にまわり、人麿の実地調査を行なっている。翌月、青山の焼け跡に新しい病院が建ち、青山脳病科病院（青山脳病院分院）と称した。茂吉

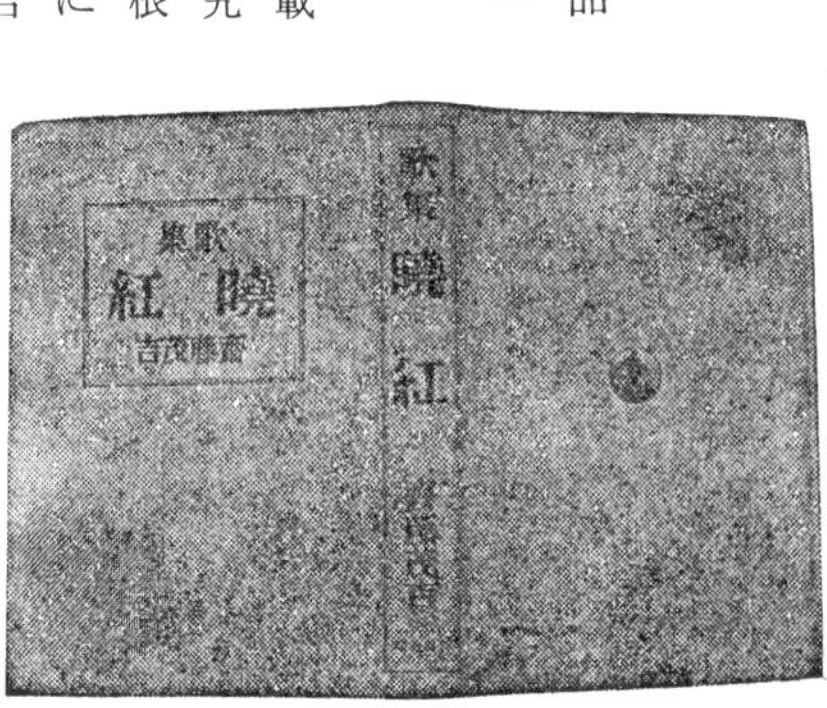

歌集「暁紅」初版本の表紙

は、松原の本院に水曜日に行くこととし、青山の診察日を火曜日とし面会日ともした。

昭和八年にうけた家庭内のショックについて「白桃」に悲歌を歌った茂吉の心は、やはり寂寥と憤まんの動揺があった。「山房私歌」において、「吾心日日憤怒踰矩《のりをこゆ》」と題して次のような歌をよんでいる。

わが体机《からだ》に押しつくるごとくにしてみだれ心をしづめつつ居り
息づまるばかりに怒りしわがこころしづまり行けと部屋《へや》を閉《とざ》しつ
老いづきていよよ心のにごるとき人居り吾をいきどほらしむ

翌九年、茂吉は悲嘆の時期を送ったが、九月、子規忌に百花園で麗人とあった。その折の歌に、

この園の白銀薄《しらがねすすき》たとふれば直ぐに立ちたるをとめのごとし

二人の邂逅《かいごう》は、茂吉の心の空白をうめ、茂吉の心は若やいでいった。

をとめ等は玉のごときを好《よ》しとせり映画の中のをとめにてもよし
しらたまのをとめ現はれかなしめる映画たはやすく終りてゆけり

百《もも》あまり濃きくれなゐにしづまれる茱萸《ぐみ》の実こほし朝な夕なに
若人《わかうど》の涙のごときかなしみの吾にきざすを済《すく》ひたまはな
あきらけきふたつの眼副《まなこたぐ》へたるふたつの眉《まよ》を奈何《いか》にかもせむ
清らなるをとめと居れば悲しかり青年《おとこ》のごとくわれは息づく
楢の葉のあぶらの如きにほひにもこのわが心堪へざるらしも

などと歌っている。茂吉のことばによれば、生活断片歌であるし、また「抒情詩としての主観に少しく動きを認め得る」傾向を代表するものである。何か若々しい愛情が漂っていて、新しい生気をとりもどしてきた感がするのである。茂吉の心情には、ほのぼのとしたものがわいていた。それは自由な生きるよろこびである。と同時に、秘密主義や不安と自責の念にも心を痛めなければならなかった。何に由来するかは、茂吉の恋愛を知ることが、その鍵をとくのではなかろうか。その女性との関係は十一年にいたって激しく燃えていった。ひたむきな恋情に対する自己とのたたかいがあって、何か宿命的である。

十月には「柿本人麿・鴨山考補註考」(岩波書店）を出版したが、この夏からは、強羅の山荘に滞在して仕事をするようになり、以後、毎年の慣例となった。十一月には奈良・大阪へと旅をした。

昭和十一年を迎え、尊敬する鷗外の全集の編集委員を岩波書店から頼まれた。夏は例によって箱根強羅で、人麿歌集評釈を執筆した。十月になって、木曽福島・飯田・上松《あげまつ》・滝の湯・白骨温泉に遊んだ。また、赤彦とともに遊んだ昔を回想するのであった。

十二年まへになりたりすでに亡き友と夜遅くまでをどりを見しは
十二年ぶりに来りし木曽の町におどおどとして講演を了《おわ》る
まをとめと寝覚《ねさ》めのとこに老の身はとどまる術《すべ》のつひに無かりし
かなしみて四年《よとせ》過ぎたるゆふまぐれ白骨越《しらほねごえ》の落葉を踏みぬ
もみぢ散るはざまのおとを聞くなべに孤心《ひとりごころ》を吾は愛《お》しまむ
照るばかりもみぢしたりしみ山木のもろ葉のそよぐ音ぞ聞こゆる
北空の曇りひらけて山二つとはの悲しみを見さけざらめや

木曽谷遊詠の一四六首の大作もあって、「暁紅」の自然詠は数多く、その特色をなしている点も見のがせない。それならば、世相はどうか。このころは、天皇機関説は議会の問題となり、二・二六事件、日独防共協定などがあって、世相は軍国主義一色となり、ファッショ化へ突進する時代であった。この激動する世相に対して、茂吉は、クーデターを憎んだが、歌のうえであまり関心を示さなかった。しかし、日中戦争は拡大し、日本は暗い戦争へ突入しつつあった。第一線の歌人は戦争歌を作りはじめた。

号外は「死刑」報ぜりしかれども行くもろつびとただにひそけし
嫩江《のんこう》のほとりに馬が草食むといふ短文にも心とどろく
上海《しゃんはい》のことにこだはり眠りしが暁がたはすでにおもはず
牡《ぼ》丹江《たんこう》穆稜《むりん》にある密林に砲《ほう》のひびきを聞くとこそ云へ
ひむがしに国の興らむいきほひに雪のかがやきもただならぬかも

「暁紅」（岩波書店、昭和十五年）は、昭和十年十一月の歌集で、九六九首を収めている。

「寒雲」時代

茂吉の心血を傾けた「柿本人麿」研究も、昭和十二年五月には「評釈篇巻之上」（岩波書店）が発行される運びとなった。また、改造社の「新万葉集」刊行に当たって、その審査員ともなった。「白桃」「暁紅」を経て「寒雲」の時代に入るわけだが、「白桃」の悲歌「暁紅」の恋歌はともあれ、この時代になると次第に落ちつきを示してくる。茂吉によれば「本集の製作時に於ける私の生活は、別にかはりなく、作歌はやはり業余のすさびといふことになるわけである。ただ、

歌集「寒雲」初版本の表紙

昭和十二年に支那事変が起り、私は事変に感動した歌をいちはやく作つてゐるのを異なつた点としてもかまはぬやうである」とある。愛情の問題も過去となりつつあった。

おろかなる日々過せども世の常の迷路《ラビリントス》に吾は立たずも

家庭のトラブルから愛情の生活にゆき、その断念から世相とともに愛国歌人へとゆきついたわけである。「暁紅」には事変歌が多く見られる。五月には、鴨山《かもやま》方面に踏査に出かけ、その足で四国から関西を経てもどっているし、翌月には、藤原の御《み》井《い》の址調査のため大和鴨山に行った。これの旅行吟を拾えば、

人麿がつひのいのちををはりたる鴨山《かもやま》をしもここと定めむ
この国にあふちの花の咲くときに心は和《な》ぎぬ君とあひ見て
加古川《かこがわ》の川口にある松原《まつばら》を漕《こ》ぎさかる海の浪のうへゆ見つ
湊より淡路の島を横ぎれば鳴門《なると》うづしほ見ることもなし
藤原《ふじわら》の御井《みい》のいづみを求めむと穿ける草鞋《わらじ》はすでに濡《ぬ》れたる

六月二十四日には、帝国芸術院会員となった。七月七日、日中戦争が勃発し、国民精神総動員運動は起こり、日独伊三国防共協定が締結されるとともに、不拡大方針にかかわらず軍部は日中戦争を拡大し、十二月には南京陥落となる。一方、人民戦線事件があって進歩的な人たちが検挙される。太平洋戦争に追いこまれていく勢いは、当時の日本の宿命であった。茂吉の「寒雲」の特色ともいうべき事変歌は、一国民として力強いひびきを伝えている。

よこしまに何ものかある国こぞる一《ひと》ついきほひのまへに何なる
あな清《すが》し敵前渡河《とか》の写真みれば皆死を決して犢鼻褌《たふさぎ》ひとつ
弾薬を負ひて走れる老兵がいひがたくきびしき面持《おももち》せるも
たたかひに出でゆく馬に白飯《しらいい》を焚きて食はせぬと聞きつつ黙《もだ》す
わが家の隣につどひし馬いくつ或日の夜半《よわ》に皆発《た》ち行けり
ひたぶるに猛風《もうふう》如《な》して南下する軍の動きを鉛筆にてしるす

直接経験の作もあるが、多くはニュース映画や新聞を通じて作ったものである。戦争のあわれをとらえた佳作もあるが、観念的な歌も多い。戦争詠の歌は、すべての歌人が観念的な歌をよんでいるのである。茂吉は、戦争に対し傍観的立場でなく、一国民としての感動そのものを歌いあげた。

戦争時代

たたかひは始まりたりといふこゑを聞けばすなはち勝《かち》のとどろき

太平洋戦争のころ

昭和十六年十二月八日午前七時、ラジオの臨時ニュースによって、はじめて国民は日本が太平洋戦争に突入したことを知らされた。宣戦の詔書が渙発《かんぱつ》され、緒戦の勝利は大本営発表としてつぎつぎに伝えられた。かがやかしい大戦果に国民は歓喜した。予感はしていたものの、茂吉は感激を新たにしてすぐに歌を作って雑誌「文芸」に掲げた。真珠湾の奇襲攻撃、翌十七年二月十五日のシンガポール陥落は、戦捷祝賀会となったが、六月、ミッドウェー海戦で、日本海軍が最初の打撃をこうむるというつまずきは知らされずに、日本軍の戦果をたたえつづけた。

国内が非常時とよばれ、新体制が叫ばれ、日独伊防共協定の成立から日本の南進政策が決まり、日本を包囲する列強を打破するため、ついにこの戦争に突入してしまったのである。

昭和十六年、戦争勃発前五月には、日本歌人協会は大日本歌人協会となり、十一月には自由主義的を理由に解散し、大日本歌人会を結成した。これは、斎藤瀏《りゆう》・太田水穂・吉植庄亮らが主謀者であった。

大東亜共栄圏の建設を目指し、八紘一宇《はつこういちう》の理想をかかげた日本は、いわばファッシズム体制のもとに、軍国主義・超国家主義の方向をとったわけである。皇国民としての自覚、祖国愛、戦争賛美となり、全国民をあげて戦争遂行のために全力をつくした。文壇・論壇をはじめ歌壇においても、戦争協力体制は進められ戦う短歌の制作に集中した。もちろん、マスーメディアといわれる文化機関は、勝ち抜くためにその全機能を発揮した。

昭和十七年、茂吉は還暦を迎え「寒雲」「暁紅」「高千穂峰」「白桃」を刊行、八月には「伊藤左千夫」を上梓した。この間、茂吉は大石田に遊び、甥《おい》高橋重男とともに笹谷峠《ささやとうげ》を越えている。こうしたなかに、もっとも日本人らしい伝統に立っている茂吉は、祖国愛、戦争詠を絶えずよんだのも不思議ではない。あらゆる歌人が戦争詠を歌ったのであるが、ジャーナリズムの要請もあって一流歌人は、どうしても作歌活動が多くなったし、目立ったわけである。

天皇のいましま す国に「無礼《ぶれい》なるぞ」われよりいづる言《こと》ひとつのみ
つらぬきて徹らむとするいきほひに碧眼奴国《へきがんどこく》の悔をゆるさず
うたがはぬひとつ魂に対ひ来む何ものかあらば常に待たむぞ

戦争歌は、皇国民としての感激、米英撃滅、皇軍賛美、祖国愛などの歌が多く、戦地詠となると、ニュース映画や新聞・ラジオ・グラフなどのマスーメディアを通しての歌となる。それらは観念的な叫び となりがちであり、とかく類型的な歌が多かった。開戦の折の歌には、

たぎりたる炎をつつみ堪へしのびしこの国民《くにたみ》ぞ
おのづから立ちのぼりたる新《あたら》しき歴史建立《こんりゆう》のさきがけの火よ
「大東亜戦争」といふ日本語のひびき大きなるこの語感《ごかん》聴《き》け
皇国《すめぐに》の大臣《おとど》東条の強魂《つよだま》をちはやぶる神も嘉《よ》しとおぼさむ

茂吉の戦争詠は、強く、鋭くよまれているが、平和民主時代の今から見ると、時代を感ぜざるを得ない。一方、茂吉は夏から秋にかけて、箱根強羅の山荘で「作歌四十年」の執筆をつづけた。また愛国吟を新聞・雑誌に発表しながらも、笹谷越や強羅滞在の折には自然詠もよんでいた。

わが父のしばしば越えしこのたうげ六十一になりてわが越ゆ
おくふかく畳にさせる月かげをあはれとおもひわれは坐りぬ

九月、長男茂太が大学を卒業し、十月には予備軍医として東部第六部隊に入隊した。

長男の卒業式にわれは来てしきりに汗を拭きつつゐたり
しぐれ降るころは近しと言ひあひて門に入りたる子をかへりみず

この年の五月には与謝野晶子、十一月二日には北原白秋が亡くなった。白秋を悼んだ歌に、

ヴェルレエンの雨の歌よりあはれなるひとつ歎《なげき》ぞのこりたりける
若くして神経ふるふるふところほひを磯ふる雨に君はむかひき

歌集「霜」(岩波書店、昭和二十六年)は、「のぼり路」につぐもので、十六年・十七年の作八六三首を収めてあり、戦中の時局詠は省かれてある。

昭和十八年になると、戦局は苛烈をきわめ、食糧増産や国民決戦生活の確立などが実施され、十九年になると戦況は日に日に不利になっていった。十九年三月から印刷用紙の割当制限が強化され、書籍雑誌は統合廃止が行なわれ、新聞の夕刊も廃止された。歌壇の結社雑誌も整理され、「アララギ」は小泉苳三《とうぞう》の「ポトナム」と統合することとなった。土屋文明は、七月に陸軍省報道部嘱託として中国戦線に向かって出発した。十二月、文明が帰国するや「アララギ」は休刊のやむなきにいたった。しかし、一歌壇のこうしたことは他の緊迫した情勢からみて、当然のことであったのである。

開戦ははなばなしかったが、年を経るとともにわが国は戦況が不利となり、戦局は重大な段階にはいった。枢軸国のイタリアは脱落し、ドイツに対する米英軍は優勢となり、ソビエトも反撃を進めていった。昭和十九年七月、サイパン島が陥落して戦局は決戦的様相を帯び、空襲は必至となった。十九年後半から二十

年にかけての米軍のフィリピン上陸によって、フィリピンは戦場化し戦局はさらに悪化した。

朝はやき土間《どま》のうへには青々と配給の蕗薹《ふきのとう》十ばかりあり
南瓜《とうなす》を猫の食ふこそあはれなれ大きたたかひここに及びつ
このゆふべ嫁がかひがひしくわがために肉の数片《すうへん》を煮こみくれたり
黴《かび》ふける餅ののこり食ひつつぞ勇みて居らむ汝《な》が父われは

十八年の十月に、長男茂太は宇田美智子と結婚していた。

昭和二十年にはいって、本土の各都市が米空軍の思いのままの空襲にさらされることとなった。防空警報と防空情報に、都市の人たちは耳を傾け、生命を託している感があった。歌集「小園」（岩波書店・昭和二十三年）は、昭和十八年、十九年、二十年の金瓶疎開中の作品を七八二首を収めたものである。

金瓶疎開時代

昭和二十年初頭、荷物を疎開していた茂吉は、やがて自分の疎開も考えなければならなかった。その年二月下旬、弟の高橋四郎兵衛もしきりに疎開をすすめるので、相談に上山に行き、その結果、疎開の決行ということになった。そして四月十日東京をたったのだが、三月九日夜には東京の大空襲があった。弟の山城屋で食事をし、近所に一部屋借りるつもりだったが、東京空襲のため陸軍軍医学校が山形に移り、山城屋も病室の一部に指定されたのであった。茂吉は仕方なく、生まれ故郷の金瓶の斎藤十右衛門方に移動することにした。十右衛門の妻なをは茂吉の妹であったので、よく面倒をみてくれた。

疎開した金瓶時代の茂吉は　手伝い仕事もあまりできなかった。九十歳をすぎたおサヨという媼から草鞋《わらじ》を編んでもらい、上山近郊を歩きまわった。五十年ぶりでふたたび金瓶生活をする茂吉にとって、少年時代のころの思い出が山河に残っていた。「小園」のなかには、「疎開漫吟」㈠から㈢まで百数十首の歌がある。

かへるでの赤芽萠えたつ頃となりわが犢鼻褌《たふさぎ》をみづか
ら洗ふ

春のみづ山よりくだる音きけばただならぬ戦《たたかい》の世の
ごとからず

小園《しょうえん》のをだまきのはな野のうへの白頭翁《おきなぐさ》の花ともにに
ほひて

ねむの花咲くべくなりて山がひにわれの憂ひは深くも
あるか

握りたる飯《いい》を食はむと山のべにわが脚を伸ぶ草鞋をぬ
ぎて

斎藤十右衛門宅，茂吉金瓶疎開
時代の家
（この中の蔵座敷で日々をすごした）

夏されば雪消《け》わたりて高高《たかだか》とあかがねいろの蔵王の山
葦切《よしきり》の啼くこゑ聞けば五十年の過去の一時《ひととき》やよみがへりたる

草鞋《わらじ》をはいて、雨がさを背にして、茂吉は故郷の山野をひとりあるきまわりつつ、数多くの秀歌を残した。また、十右衛門の蔵座敷に住み、妹なをの親切な身のまわりの世話に、茂吉の身辺は不自由がなかった。しかし、時折、困窮している銃後の東京のことどもに思いをはせるのであった。

青山の自宅には、妻と長男の嫁、それに次女と女ばかりが留守を守っていた。松原の本院は東京都の方に移譲されていた。その青山の病院も五月二十五日の大空襲で全焼してしまった。戦局は敗戦の相をおび、ドイツも無条件降伏し、米軍は沖縄上陸となり、日本の都市は、次から次へ焦土と化していった。そして、広島・長崎に原子爆弾が投下され、八月十五日、天皇の詔勅によって日本はポツダム宣言を受諾し無条件降伏したのであった。神洲不滅と叫んだ日本も、連合軍の前に敗戦を重ねて、ついに敗戦の憂《う》き目をみることになったのである。やるべくしてやり、負けるべくして負けた戦争であった。茂吉は、終戦を金瓶で迎えた。

「疎開漫吟」㈢や「金瓶村小吟」その他のなかで、

新島ゆ疎開せる翁《おきな》とつれだちて天皇のみこゑきき たてまつる
秋たちてうすくれなゐの穂のいでし薄のかげに悲しむわれは

たたかひのをはりたる代に生きのこり来向《きむか》ふ冬に老いつつぞゐる
かたはらに人のつれなき吾ひとり山べの道に涙しながる
むらさきににほひそめたる木通《あけび》の実進駐兵は食《は》むこともなし
沈黙のわれに見よとぞ百房《ももふさ》の黒き葡萄《ぶどう》に雨ふりそそぐ
こゑひくき帰還兵士のものがたり焚火を継がむまへにをはりぬ

疎開者として故郷に帰り、さびしく孤独の生活を送っていた茂吉のところへ、六月になって妻や娘がやってきた。敗戦を迎えた茂吉は、大きな精神的打撃を受けたが、その落胆と悲しみの心を山野の風物に寄せて歌っている。茂吉の歌は、あの戦争詠から抒情性がふたたびよみがえって、悲嘆の境涯がしみじみとよみこまれるようになった。「小園」の最後の年、昭和二十年ころからである。

戦争と茂吉であるが、茂吉は右翼でもなければ過激なショウヴィニズムでもない。といって、時局便乗者として、乗りおくれないように戦争を謳歌《おうか》したのでもない。もっとも日本人的な茂吉の性根からきたものである。しかし、はなやかな戦争詠は、戦後デモクラシーがおしつけられると、多くの非難の対象となったのもやむを得なかった。

大石田時代

たたかひの歌をつくりて疲労せしこともありしがわれ何せむに

疎開していた金瓶の斎藤家は、帰還してくる息子たちのため部屋が必要となり、茂吉はここを離れなければならぬと思った。また、たいせつに「伯父《おじ》様」として待遇された茂

「白き山」時代

吉は、容易な生活に創作意欲もなくなりがちとなり、それを側近の人たちは心配したのであった。たまたま終戦後、毎月歌会に招かれていた大石田の板垣家子夫《かねお》が、茂吉を大石田に迎えることになった。昭和二十一年一月三十日、金瓶を出て大石田に移り、二藤部《にとべ》兵右衛門《へいえもん》の離れに移った。後に茂吉はここを聴禽書屋《ちょうきんしょおく》と名づけた。この大石田生活は茂吉の生活を変え、創作意欲がおこってくるのであった。

朝な夕なこの山見しがあまのはら蔵王の見えぬ処に
ぞ来《こ》し

大石田町二藤部邸離れ（「聴禽書屋」と名づけて帰京まで住んだ）

大石田は、北村山郡にある小さな町である。最上川が山形県の重要な交通路であったころの舟運の中心地で舟場町である。芭蕉も「奥の細道」で大石田から舟形《ふなかた》に抜けている。大石田の人情はもとより、最上川を中心とする風景も茂吉の心を癒《いや》してくれた。二藤部・板垣の二人が、万端の面倒をみてくれるので、茂吉の生活は平静であった。

山形地方でも雪の深い大石田に来て、茂吉は三月に肋膜炎《ろくまくえん》にかかり、佐佐木医師の手当を受けることになった。

「白き山」（岩波書店、昭和二十四年）は、昭和二十一年、二十二年の大石田時代の作品八二四首を収めている。戦後の混乱をきわめた世相をのがれて、敗戦の厳しい実感を身に味わいながら、疎開生活を平和に送れたのは、大石田の人たちの厚い人情のおかげであった。そうした生活にあって、近くの山野を歩き、最上川沿岸の風光を賞しながら秀作をよんだのが「白き山」であった、茂吉の晩年の歌風が、ここに新しく開花したのである。茂吉はその跋文で、「その中には従来の手法どほりのもあり、いくらか工夫、変化を試みたのもある。出来の悪いのもあり、幾分出来のいいのもある」と述べている。

茂吉の肋膜炎は連日高熱がつづき、二藤部・板垣らは看護の

歌集「白き山」初版本の表紙

ため尽力した。佐佐木医師も治療に力をつくし、東京からは長男茂太も大石田に診断をかねてかけつけた。老身のためなかなかはかばかしくなかったが、六月ころから快方に向かい、九月十月と静養に出かけている。

日をつぎて吹雪つのれば我が骨にわれの病はとほりてゆかむ
最上川みかさ増りていきほふを一目を見むとおもひて臥《こや》しゐる
ここに来て篤《あつ》きなさけをかうむりぬすこやけき日にも病みをる日にも
もろごゑに鳴ける蛙を夜もすがら聞きつつ病の癒《い》えむ日近し
われひとりおし戴きて最上川の鮎《あゆ》をこそ食はめ病癒ゆがに

茂吉はふたたび、大石田近郊を歩きはじめた。虹《にじ》ケ岡《おか》・田沢沼・黒滝《くろたき》と、ひとりたらばすをはき、つまごを下げてとぼとぼと聴禽書屋から出歩いた。また書屋の二階で、庭前の花卉《かき》の写生画をはじめた。画は加藤淘綾《とうりよう》のすすめによるものだが、こどものころからの絵心があったし、なかなか刻明な画を描いた。聴禽書屋には、蚊帳《かや》をつりっぱなしで、万年床を敷き、小用が近いので小さなバケツ(「ごくらく」と称した)を常備している生活ぶりだった、食いものに執着が強かった茂吉は、食糧事情の悪いときであったが、板垣らの好意で、さして不自由しなかったようである。「聴禽書屋」五首をみてみよう。

照りさかる夏の一日をほがらほがら鶯《うぐいす》来鳴き楽しくもあるか
この庭にそびえてたてる太き樹の桂《かつら》さわだち雷《らい》鳴りはじむ
梅の実の色づきて落つるきのふけふ山ほととぎす声もせなくに
梟《ふくろう》のこゑを夜ごとに聞きながら「聴禽書屋」にしばしば目ざむ

最上川のほとり

山形県の中央を貫流して、酒田《さかた》で海に注ぐ最上川は、大正時代までは重要な交通路であった。大石田は、その最上川の船場所であるから、川幅は広く水量は豊かである。奥羽山脈や出羽丘陵を一望にながめ、川岸には梨・桜・桜桃《おうとう》の花がいろどり、満々と水をたたえて北を指して流れてゆく。最上川の歌については、作品編にくわしく述べてあるので略し、「夕浪の音」五首を引くことにする。

わが病やうやく癒《い》えて歩みこし最上の川の夕浪のおと
鉛《なまり》いろになりしゆふべの最上川こころ静かに見ゆるものかも
夕映《ゆうばえ》のくれなゐの雲とほ長く鳥海山《ちょうかいさん》の奥にきはまれり
彼岸《かのきし》に何をもとむるよひ闇の最上川のうへのひとつ蛍《ほたる》は
かの空にたたまれる夜の雲ありて遠いなづまに紅《あか》くかがやく

茂吉は川が好きである。ドナウ川の源流行までした茂吉は、日本の川も愛した。特に最上川には格別な故郷への愛情を託したのであった。

その間、もっとも世話になった岩波茂雄が亡《な》くなった。同級生の村岡典嗣、歌友森山汀川《ていせん》もこの世を去った。岩波には「アララギ」をはじめ、個人的にも出版はもとより物質面でも世話になったので、「弔岩波茂雄君」八首のなかで

まなかひに君おもかげに立つ時しその潔《さや》けさに黙《もだ》居るべしや
かうむりし恩をおもへばけふの日にアララギこぞり君を弔ふ
まことなる時代《ときよ》に生きむ楽しさを聖《ひじり》のごとく君は欲《ほ》りせり

のような作もよみこんでいる。

昭和二十一年十二月七日、快気《かいき》祝いをして一応、元気になった。戦後の社会は混乱し、食糧事情は逼迫《ひっぱく》し、思想も急激的に動揺しつつあった。歌壇でも、新日本歌人協会の「人民短歌」が生まれ、歌壇の民主化が叫ばれ、戦争責任追求委員会が設けられる仕末であった。戦争中の反動的現象であったが、戦犯呼ばわりもおこってきた。また、日本文学のもっとも弱い一環である短歌・俳句に対して、桑原武夫は「第二芸術論」として論難し、戦後の代表的論争をまきおこした。「アララギ」も、地方誌が続々と発刊された。こうした中

央の動きに対して、また「アララギ」の動向に関して、茂吉は東北の一隅で戦中に自分の歩んできた道に対する反省や社会世相への憤りなどの複雑な心情を歌わずにはおられなかった。

軍閥《ぐんばつ》といふことさへも知らざりしわれを思へば涙しながる
現身《うつしみ》はあはれなりけりさばき人安寝《びとやすい》しなしてひとを裁くも
をりをりにわが見る夢は東京を中心にして見るにぞありける
アララギはわが雑誌ゆゑ余所行のこころ要らずと云ひて可なりや
短歌ほろべ短歌ほろべといふ声す明治末期のごとくひびきて
「追放」といふことになりみづからの滅《ほろ》ぶる歌を悲しみなむか
老の身も免《のが》るべからぬ審判を受けつつありと知るよしもなき
勝ちたりといふ放送に興奮し眠られざりし吾にあらずきや
すさまじくなりし時代《ときよ》のありさまを念念《ねんねん》おもひいにしへ思ほゆ
歌ひとつ作りて涙ぐむことあり世の現身《うつしみ》よわが面《おもて》をな見そ
終戦のち一年を過ぎ世をおそる生きながらへて死をもおそるる
くらがりの中におちいる罪ふかき世紀にゐたる吾もひとりぞ

しかし反面、新しい時代を迎えて、茂吉の心にも、まだわずかながらも希望もわいてくるのであった。病弱の身にあっても、ふるさとの美しい山河に対する抒情は衰えなかった。むしろ、円熟しきった茂吉はおのずからなる自然詠をよんでいった。

あたらしき命もがもと白雪のふぶくがなかに年をむかふる
かくしつつ生き継ぐくにの国民《くにたみ》は健《すこや》かにして力足らはむ
わが国のそのつつしみの真心は今しあめつちに徹《とお》らむとする

昭和二十一年九月には、来年度御歌会始《おうたかいはじめ》選者の交渉を受けた。翌二十二年四月には酒田、五月には結城哀《ゆうきあい》草果《そうか》宅・山形・上山へと行き、六月には秋田県に行って、八郎潟・田沢湖を見た。

すゑ風呂をあがりてくれば日は暮れてすぐ目のまへに牛藁《わら》を食《は》む
太藺の並みたつうへに降りそそぐ秋田の梅雨《ばいう》見るべかりけり
ひといろにさみだれの降る奥にして男鹿《おが》の山々こもりけるかも
時惜しみてわれ等が舟は梅雨《ばいう》ふる八郎潟を漕ぎたみゆくも
年老いて吾来りけりふかぶかと八郎潟に梅雨の降るころ
おほどかに春は逝かむと田沢湖の大森山ゆ蟬のこゑする
大君をむかへまつらく蔵王のやま鳥海《ちょうかい》のやま月読《つきよみ》の山

みちのくの山形あがたこぞりたちわが大君を祝《ほ》ぎたてまつる
山河のよりてつかふるみちのくの出羽《いでわ》の国をみそなはします

八月、上山で天皇陛下の東北御巡幸に際し、結城哀草果とふたりでお目にかかった。秋にはまた酒田に行き、最上川河口や象潟《きさかた》をみた。この年七月には、敬愛する幸田露伴が亡くなった。茂吉は少年時代から露伴文学に多大の影響をうけている。岩波茂雄の斡旋で、露伴と晩年はじめて熱海で会ってから、露伴宅を訪れては教示を仰いでいた。茂吉の尊敬する文学者は、子規・左千夫の歌人はともかく、徳富蘇峰・森鷗外・幸田露伴の三人で、特に鷗外・露伴に敬事した。その露伴敬仰の歌「露伴先生頌」は、露伴の亡くなる少し前の作となったが、他に露伴をよんだ歌も少なくない。

その学はとほきいにしへに入りたまひ今のうつつに奥がしらずも
わがいのち安らぎを得て常に常に君が家をばまかりいでにき
慕ひまつり君をおもへば眼交《まなかい》に煙管《きせる》たたかす音さへ聞こゆ

小旅行にも耐えて元気になった茂吉は、十一月三日、大石田を立って、板垣家子夫同道、四日東京に着いた。例の「ごくらく」と称したバケツをさげ、年老いた白髯《はくぜん》の翁《おきな》の姿であった。

晩年

われ七十歳に真近くなりてよもやまのことを忘れぬこの現《うつつ》より

戦後の超満員の汽車にゆられて、上野駅に降りた茂吉は、昨年夏から居を定めた代田《だいた》の家に落ちついた。

帰京

東京はすっかり変わっていた。たびたびの空襲で焦土化した焼野原には、バラックが建ち、復興ははかばかしくなかった。食糧事情は逼迫《ひっぱく》し、市民は虚脱状態の顔をして気力を失っていた。進駐軍はおもなビルを占領し、街頭をさっそうと歩きまわり、日本人はみじめな服装をして、一日の食事にもこと欠いた。

あきらめむ心をりをりひらめくを再建《さいけん》の国のなかにておもふ
ドラム罐《かん》にて入浴したる安楽をあぢはふごとく坂くだりくる
豚《とん》の肉うづたかけれど「食はざればその旨《うま》きを知らず」噫《ああ》
二十五年の過去になりたり勝ちし国の一人なるわれミュンヘンに居き
東北の町よりわれは帰り来てあゝ東京の秋の夜の月

二十三年一月二十六日には、養母ひさ（かつ）が八十三歳で没し浅草日輪寺《にちりんじ》に葬った。二月には内孫章二が生まれた。「挽歌」一〇首を作ったが、そのなかから三首を抄出してみよう。

われ明治二十九年の晩夏《ばんか》より呼びにし母をいまぞとむらふ
われもまた年は老いたり孝《きよう》の子と人はいふとも否《いな》も諾《う》もなし
わが母の寡黙《かもく》のうちにつつみたる苦《く》をしぞおもふけふの夜ごろは

五月には堀内通孝と飛驒方面に旅行し、十月には関西・山陰をへて中村憲吉の墓参りをした。

大石田の病このかたのねがひにてわれの来れる憲吉墓前
十年へてつひに来れりもみぢたる鴨山をつくづくと見れば楽しも
秋ふけし苔よりいづる山みづを遠き石見路《いわみじ》にわれは見にけり

時折は金瓶・大石田の疎開生活を偲び、楽しかったことどもを思い出している。

最上川の渦《うず》にて足を濯《すす》ぐとき心は和ぐと今もおもはむ

大石田ながらふる最上の川波のさやけきころとなりにつらむか
大石田二とせ住みてわが一世《ひとよ》のおもひであはくあとにのこりき
われ稚《おさな》くて蔵王の山をふりさけしころほひゆ五十年年を経にける
冬の魚くひたるさまもあやしまず最上の川の夢を見たりける
みちのくの山のすがしさかへりみてゆくへも知らにわれ老いにける

戦後「アララギ」は、印刷事情もあって多くの地方誌を生み出した。茂吉門下の佐藤佐太郎は「歩道」、山口茂吉は「アザミ」、結城哀草果は「山塊」と、「アララギ」に所属しながら、その系統分派の結社を結成していった。こうした「アララギ」の動向に対して、茂吉はどういう気持ちをいだいていたかわからないが、茂吉は再刊後も「アララギ」に終始した。「童馬山房夜話」「作歌実語鈔」にかわって、二十二年からは「茂吉小話」を執筆し、二十六年三月まで五十一回つづけている。作歌も二十六年後半期、健康のため欠詠したほか、毎月出詠している状態であった。そして二十四年から二十六年にかけて、茂吉は数多い著書を刊行していった。「茂吉小文」「島木赤彦」「新版赤光」「小園」「幸田露伴」「白き山」「近世歌人評伝」（昭二十四）「ともしび」「校訂金槐和歌集」「たかはら」「明治大正短歌史」「連山」（昭二十五）「続明治大正短歌史」「歌壇夜叉語」「石泉」「霜」（昭二十六）などで、歌集を除いては旧作をまとめたものであるが、その業績のしめくくりをするかのような出版であった。そして二十七年五月から全集第一期の刊行が、童馬会によって始まることになる。

病　中

大石田の病後、往年の気魄《きはく》は衰えたが、まだ老身の余力を見せ「白き山」の作風を展開させた茂吉であった。しかし体力も衰え、実作も少なくなっていった。二十五年夏、箱根強羅に滞在中、夜になると胸が苦しくなった。

夜もすがら寝ぐるしくして居たりけり今年の強羅しづごころなく
衰へてわが行けるとき箱根なる強羅の山にうぐひす啼くも

級友佐々廉平博士の勧告もあり、茂吉は地下たびをはいて銀座のあたりまでも出歩いて運動していたのであったが、体力の衰えには勝てず、長期の旅行はだめとなった。十月十九日、茂吉は突然左半身の麻痺を起こした。前日、北海道の次兄富太郎の死亡通知のショックが大きかったのだろう。茂吉があちこち奔走して入手した四谷大京町の新居に引越したのは、それからまもなくのころであった。その翌月には、新宿御苑まで散歩に出るくらいだったが、足は不自由であった。

北海道の北見の国にいのち果てし兄をおもへばわすれかねつも

文化勲章授与式の日，皇居にて
（前列左より３人目が茂吉）

夕ばえの雲くれなゐにたなびける御苑を去りて行かむ
とぞする
ふゆがれしフイリダンチクの黄色をわれはめづらしむ
園《その》の隈《くま》みに

昭和二十六年になると、茂吉の体力の衰えはますますひどくなっていった。二月のメモに「人命終の時にのぞんで、心顚倒せず心錯乱せず云々」と書いたのも、死を予測していたのであったろう。二月には内孫恵子が生まれた。

十月十八日に、茂吉は文化勲章を授かるということを新聞で知った。そして十一月三日の授与式当日、妻輝子と茂太と文部省の役人が介添で参内した。ご陪食も終えて、無事帰宅したものの、杖《つえ》をつき汗をふきふき、足どりもおぼつかなく歩く茂吉であった。努力の天才ともいうべき茂吉の晩年を飾る栄誉であった。その夜、感激した茂吉は興奮のあまりよく眠れなかった。

明けて二十七年、茂吉は少し元気をとりもどした。岩波書店からの全集発行の相談もまとまりつつあった。三月には、神田までその打ち合わせ会に顔を出したくらいであった。同月末、浅草観音様にお詣りしたいといい出し妻子らがこぞって出かけた。鈴木啓蔵もお伴をした。浅草は、茂吉の上京した折、紀一の医院のあったところで、いろいろな思い出が茂吉の心のなかにわいた。一生愛しつづけた浅草をもう一度みたいと言い出したのも無理はない。養父母の日輪寺をお詣りして、隅田公園まで足をのばし夕方帰宅した。茂吉の脳裡には若きころの浅草時代がよみがえってきたことだろう。

四月二日、家族そろって新宿の「武蔵野」に大好きなうなぎを食べに出かけた。これが茂吉の最後の外出となった。

第十七歌集「つきかげ」(岩波書店、昭和二十九年)は、遺歌集として門人の佐藤佐太郎・柴生田稔・山口茂吉が編集し、昭和二十三年から逝去までの作歌九七四首を収めた。「つきかげ」は「白き山」につづく歌集だが、二一八年の作品は病気のためにない。二十五年の「晩春」までの作品は、茂吉自ら編集していたものである。

作歌生活の最後の年である昭和二十七年の歌を引いてみよう。

わが部屋の硝子戸あらく音たてて二人の孫が折々来る
いつしかも日がしづみゆきうつせみのわれもおのづから

昭和27年3月末の浅草観音さま詣り
(長男茂太氏にささえられた茂吉)

きはまるらしも
なすのしるこのゆふまぐれ作りしにものわすれせるごとくにおもふ
いかづちのとどろくなかにかがよひて黄《き》なる光のただならぬはや
口中が専《もは》ら苦きもかへりみず昼のふしどにねむらむとする

最期

昭和二十七年四月、文化勲章受賞の祝賀会には茂吉は出席することはできなかった。五月十七日の古稀《こき》の祝賀会は、茂吉の自宅で行なわれ、茂吉は病床についたままであった。秋が深まると、食欲は衰え、歩行は困難となり、言語障害も出てきた。「アララギ」への出詠も二月以降は毎月一首となり、同年六月号「冬粥を煮てゐたりけりくれなゐの鮭のはららごに添へて食はむと」の一首を最後に、茂吉の歌は永久に誌上から消えてしまうことになる。またその作品も、往年のはげしい気魄も枯れて、老蒼《ろうそう》の域に達し、鋭さが失われてくる。「赤光」以来の短歌的生涯が、徐々にその幕をおろそうとしている感であった。しかし、茂吉の気持ちは歌人としてなすべき歌作や研究をなしとげたという安らぎが満ちていた。

二十八年になると、次第に衰弱が加わり、食慾も減退してきた。二年前の二月に第一回の発作が起こって

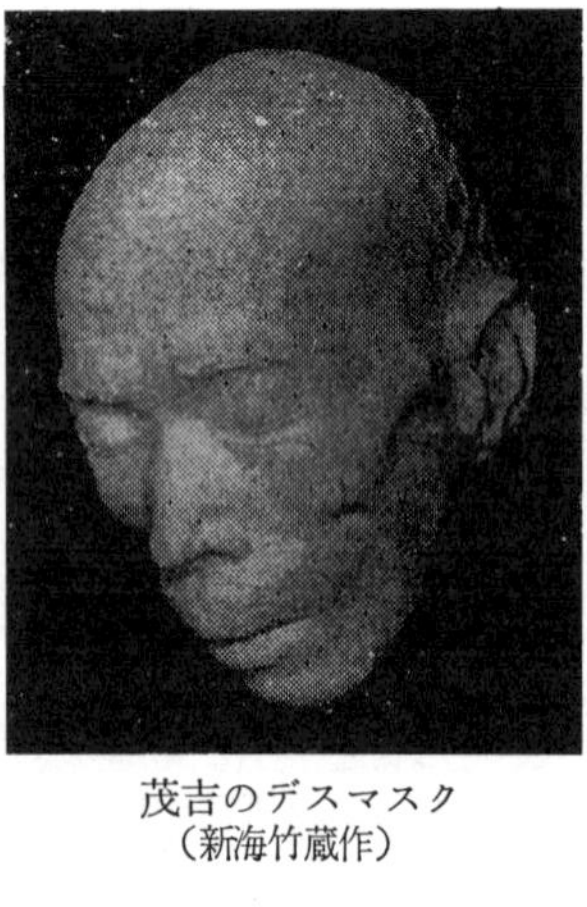
茂吉のデスマスク
（新海竹蔵作）

から、家族一同は緊張していたが、その二月、雪の降る日に喘息《ぜんそく》気味で呼吸困難に陥った。二月二十五日、午前十一時二十分、巨大な歌人茂吉はついにその生涯を閉じた。斎藤茂太の「茂吉の体臭」のなかに、その臨終を次のように伝えている。茂太が昭和医大に出講中、電話がかかり、急いで帰宅したときは、茂吉は幽明境を異にしていた。

「靴を脱ぐとまっすぐ病室に通った。

果して父は死んでいた。安らかな死顔であった。既に手は組まれていた。髪とひげはきれいに刈られて、美しい顔をしていた。父は二日前に風呂に入り、看護婦が髪とひげの手入れをしたのであった。

十一時頃、父は突然顔色が蒼白となって、脂汗が流れ出し、呼吸が浅くなり、脈搏が微弱になつたそうである。副院長の中村君が直ちに強心剤二本つづけてうった。益々容態が悪くなるので、五分後に、強心剤の心臓内注射を試みた。しかし効果はなかった、

午前十一時二十分に心臓がとまった。

何の苦悶もなかったそうである。呼吸も何時無くなったか判らなかった位だったそうである。明らかに発作の襲来であった。前の時はからだが抵抗した。抵抗するだけの力があった。しかし、この時は発作に向うだけの余

東京青山墓地にある茂吉の墓

力がなかった。父は一挙に打ち倒された。何の苦悶もなかったわけである。

　最後の言葉は何もなかった。父はもう何も云うことはなかったであろうし、私も何も聴く必要はなかったであろうと思った。」

　茂吉の遺体は、東大病院で解剖にふされた。病因は老年性病変、殊に全身性の動脈系の硬化が主因であるが、病名は心臓喘息であった。

　葬儀は三月二日、築地本願寺で安《あ》倍《べ》能成《よししげ》が葬儀委員長になって挙行された。戒名は自分できめていた。すなわち「赤光院仁誉遊阿暁寂情居士」というのであった。

　茂吉の分骨は、彼の生育し愛好した郷里金瓶の宝泉寺に葬られた。五月二十日、墓の下に埋められ「茂吉之墓」と自書した墓石が建てられた。六月四日には、東京都青山墓地に、やはり自筆の「茂吉之墓」が建てられ埋骨された。ともに茂吉が生涯の文学的生命をうちこんだ「アララギ」にちなんで、アララギの木が墓の周囲に植えられてある。

第二編　作品と解説

茂吉の全著作は、その全集五十六巻に収められている。短歌・歌論・評釈・研究・随筆などの多方面にわたっているが、短歌はもちろん、歌論研究にも「短歌写生の説」や柿本人麿研究などの代表的力作がある。ここでは、短歌作品だけをとりあげることにしたが、短歌作品でも、歌集をみると「赤光」や「あらたま」から「白き山」「つきかげ」に至る十七冊にのぼっている。その代表歌集の解説と評釈をするのも意義あることであるが、本編では全歌集のなかの代表的短歌を選んで、その解説と評釈をすることにした。しかも選歌の基準は、教材となっている作品を中心としたので、この他にも秀歌が数多くあることはいうまでもない。

「赤光」の歌

青玉《あおたま》のから松の芽はひさかたの天《あめ》にむかひて並《なら》びてを萠ゆ

「赤光」の「折に触れて」二〇首中の第七首で、明治三十九年の作である。

二十首は、さまざまのことがらをよんでいるが、この歌は「若芽二首」中の一首で、他の一首は、

はるさめは天《あめ》の乳かも落葉松《からまつ》の玉芽あまねくふくらみにけり

茂吉は、本格的には明治三十八年から作歌をはじめている。「赤光」もその年からの歌を収めている。三十九年作といえば、茂吉初期の歌で、伊藤左千夫の「馬酔木」に投稿していた時代である。落葉松は、高冷地に多い松科の落葉喬木である。高くなると二十メートルぐらいになる。葉は針状で柔らかで松に似ている。春はいっせいに芽ぶくが、その緑は目が覚めるように美しい。青く小さな珠状の芽から、針のような葉がのびてくる。春の若芽のなかで、落葉松を題材にしてよんだ歌である。正岡子規の写生の歌の境地で、万葉調である。細かな観察の眼で的確にとらえた歌であるが、「赤光」の歌風にはいたっていない。

〈歌意〉○青玉の…青い玉のような　ひさかたの…天・空などの枕詞。　○を…感動を発することば。　▽春になって、落葉した落葉松の枝には、いっぱい小さな青い玉のような若芽がついて、みな空にむかって並んでいることよ。この若芽の萌えるさまよ。

うつそみのこの世のくにに春さりて山焼くるかも天《あめ》の足夜《たりよ》を

「赤光」の雑歌、十一首中の第四首で、明治四十一年の作である。「赤光」の初版本では「うつそみのこの世のくにに春は去り山焼くるかも天の足《た》り夜を」となって、若干の異同がある。

この「雑歌」で、この歌につづいて次の一首がある。

ひさ方の天の赤瓊《あかぬ》のにほひなし遙けきかもよ山焼くる火は

同じく、山火をよんだ春の歌である。山火は、山焼つまり山火事でなく、野火と同じく山火のことである。夜もすがら、山火があかあかと燃え、空に映えるころ、この世はもう春であるという感動をよんだ歌である。おおらかな調べが効果的である歌で、「うつそみのこの世のくにに春さりて」は壮大な表現である。初版本の「春はさり」よりも「春さりて」の断続ある声調の方がまさっている。そして「山焼くるかも」と、強い感動で四句切にして、前句を受けて「天の足夜を」と、雄大に歌いあげているところに、一首全体の破綻もなく、壮大美を形成しているといえよう。茂吉の「赤光」初期の歌風であるから、習作期の技巧めいたものも感じられる。「うつそみの」「天の」といったところである。人麿的な万葉調であるが、その表現系譜は、後の作品にも円熟した形で散見することができる。

茂吉肖像画（中村研一画）

〈歌意〉 ○うつそみ…うつせみ。現世、この世のこと。 ○春さりて…春がきて。 ○天の足夜…足夜は終夜、夜もすがら。万葉集巻十三「いめにだに逢うと見えこそ天の足り夜を」と見えるが、宵から朝までのことである。 ▽わが生きているこの世のくにに春がやってきて、夜もすがら山火が燃えつづけていることよ。

蟋蟀《こおろぎ》の音《ね》にいづる夜の静けさにしろがねの銭かぞへてゐたり

「赤光」の「秋の夜ごろ」連作一七首中の第八首目で、明治四十四年八月の作である。茂吉二十八歳のときの作で「秋の夜ごろ」は、こおろぎをよんだものである。十七首を掲げるのは長すぎるので、めぼしい歌を引いておこう。

秋なればこほろぎの子の生《うま》れ鳴く冷たき土をかなしみにけり
かすかなるうれひにゆるるわが心蟋蟀聞くに堪へにけるかな
紅き日の落つる野末《のずえ》の石《いし》の間《ま》のかそけき虫に聞き入りにけり
星おほき花原くれば露は凝《こ》りみぎりひだりにこほろぎ鳴くも
こほろぎはこほろぎゆゑに露原に音をのみぞ鳴く音をのみぞ鳴く

大正元年九月の歌に、「銀銭光」の歌六首がある。

とりいだす紙つつみよりあらはるる銀貨のひかりかなしかりけれ
電燈をひくくおろしてしろがねの銭かぞふればこほろぎが啼く
さ夜ふけと夜はふけぬらし銀《ぎん》の銭《ぜに》かぞふればその音《ね》ひびきたるかな
わがまなこ当面《まとも》に見たり畳をばころがり行きし銀銭《ぎんせん》のひかり
しみじみと紙幣の面《めん》をながめたりわきて気味わるきものにはあらず

「秋の夜ごろ」とこの歌とは、関連がある境地である。前はこおろぎであり、後は銀貨がモティーフになっているが、後の第二首目は冒頭の歌と境地はほとんど同じである。なぜに銀貨の歌を作ったかといえば、当時、雑誌「アララギ」の会計係であったので、常に雑誌の売れ行きを気にしていたからである。

さて、茂吉は、当時まだ医科大学の学生であったころで、茂吉の短歌の初期のものといえよう。しかし、「赤光」的手法や境地は、このころからその傾向を示しているものといえよう。静かな秋の夜、こおろぎの鳴く音と、電灯に照らし出されたしろがねの銀貨の色を配して、沈痛なひびきをたたえている。こおろぎは、夏から秋にかけて、鳴くところを変えていく。外の土から床下に、床下から家のなかにと移ってくる虫である。

〈歌意〉 ▽どこからきたのか、こおろぎが声を出して鳴きはじめる音がさえる静かな秋の夜である。その夜ひとり銀貨の金を数えていたことであった。

水のうへにしらじらと雪ふりきたり降りきたりつつ消えにけるかも

「赤光」の中の「折に触れて」八首中の第六首で、明治四十五年の作である。「折に触れて」は、連作の体をなしていない。雪の日の所見で、水の上は、川・沼・水溜《だまり》の何かわからぬが、水そのものをもってきたところに、写生的な適確さがある。水の上に降り出した雪は、すぐに消えてしまうものである。そうした瞬間をとらえて、「しらじらと」が、白い雪の降るさまをあらわし、「雪ふりきたり降りきたりつつ」は、そのくりかえしによって、間断なく降る雪を躍如《やくじょ》とさせている。またその声調が、耳によく整っていて、歌の題材とぴったりしている。

〈歌意〉▽白い雪が、水の上にたえまなく降ってきては消えてしまったことよ。

みちのくに病む母上にいささかの胡瓜《きゅうり》を送る障《さわ》りあらすな

「赤光」の「折々の歌」の中の一首で、大正元年の作である。二十六首の歌のなかに「故郷三首」があって、その中の第二首目の作である。他の二首は次のとおりである。

みちのくの我家《わぎえ》の里に黒き蚕《こ》が二たびねぶり目ざめけらしも
おきなぐさに脣《くちびる》ふれて帰りしがあはれあはれいま思ひ出でつも

故郷山形在金瓶村で、数年前から中風で寝ている母に、田舎では珍しくない胡瓜なのだが、東京の市場に早く出回っている胡瓜は、季節的に珍しいものであった。これを、母思いの茂吉は、求めて病気見舞に送ったわけである。ここで問題になるのは、結句の「障りあらすな」である。茂吉自身「作歌四十年」のなかで、この句について次のとおり述べているので、それによるのが正しいと思う。すなわち、

「この歌は中等学校(男女)の国語教科書に収められた。ところが、結句の『障りあらすな』の解釈につき、母に『障りあらすな』即ち、『障りあらせたまふな』と解し、教授用参考書にもさう出ているのであつたらしいのである。然るに句法からいけば『送つた胡瓜に障あらしむな』と解釈すべきなので、さう解釈してはどうかといつて、全国の少女から質問の手紙を貰つたことは度々であつた。作者のつもりは矢張り、『送つた胡瓜に障りあらしめるな。無事にとどいて呉れ』というつもりであつたのである。併し、『障りあらすな』は『障りあらせ給ふ勿れ』という敬語にも取れるので、解釈が二様になつたのであつた。この欠点は、この結句の表現にあつたことを告白せざることを得ない。而して『病む母上に……障りあらすな』という解釈にもやはり無理があるので、解釈を一つにするとせば、やはり作者の企図したやうに解釈すべきであろうか。」

「障りあらすな」は、このように解釈に問題のある句である。教材に採用した編集者は、こうした疑問を持たなかったのだろうか。その点教材としては不適当といえよう。

〈歌意〉▽みちのくの故郷に病気で寝ておられるわが母上に、少しばかりのはしりの胡瓜を送るのだが、送った胡瓜が無事ついてくれるように願われることだ。

ひろき葉は樹にひるがへり光りつつかくろひにつつしづ心なけれ

「赤光」の「死にたまふ母」（其の一）の第一首目で、大正二年の作。「死にたまふ母」は「アララギ」大正二年九月号に発表した五九首の連作である。四部構成で「其の一」から「其の四」まである。茂吉はこの連作について、「作歌四十年」の中で次のように述べている。

「私は『死にたまふ母』と題する数十首の歌を大正二年九月のアララギに発表した。これらの歌は左千夫先生に生前には示さなかつたもので、歌集『赤光』が出来上つてから先生の教をうけようとおもつていたものであつた。この連作は、子規の『松の露』などの連作と異り、立つて見、坐つて見、前から見、後ろから見るといふのでなく、母重病の報に接して帰国してから、母没し、母を火葬し、悲しみを抱いて酢川温泉に浴するまであたりを順々に詠《よ》んだものであり、連作の一体としては、作り易く、いはば安易道であつた。それゆゑ自分の如き力量を以てしても相当の分量の歌が出来たのであつた。さて歌集『赤光』が発行になると、この『死にたまふ母』一連はなかなかの評判となり、『赤光』が一躍有名になつたのは、この一連の連作のためであつた。」

また、茂吉は「母」についての感想を「念珠集」のなかで書いている。次の小文だが「死にたまふ母」を鑑賞するにたいへん役に立つと思う。すなわち、

「私の母は家附《いえつき》の娘で、父は入婿《いりむこ》に来たのであつた。母系の祖父は酒客であつたので、母は比較的若くて中風症になつた。

その中風症になるまで、母は農婦として働き、農婦として私等同胞を育てあげたのであるから、つひに、仙台も見ず、無論東京も見ずにしまつた。仙台といへば東北での都会であるから、大概のものは東京までは来ずとも仙台までは行く。併し、母は仙台まで行く旅費に不自由はしてゐなかつた筈であるのに、仙台にも行かずにしまつた。

私が孩童《がいどう》であつた時分、ときどき流行性の結膜炎《けつまくえん》を病んだ。村では、それを「やん目《め》」と称してゐた。私が「やん目」に罹《かか》ると、母はいつも小一里もある村はづれの山麓《さんろく》に祠《まつ》つてある不動尊に参詣に連れて行つた。その不動尊は巌上に祠《まつ》つてあり、巌を伝つて清冽《せいれつ》な水が滝になつてながれ落ちてゐる。

母は私を連れてゆき、不動尊に目を直してもらうやうに祈願礼拝せしめ、それから、その滝の水でながく目を洗ふので一度の参詣は半日がかりであつた。

かへりには村はづれの茶屋で、大福餅《だいふくもち》のやうなものを買つてくれるのを常とした。その餅のことを、綿入餅と云つてゐたが、その大きな餅一つはそのころ二厘《りん》した。私はそれを買つてもらふのが嬉しく、急性の眼病を患ひながらも母に手を引かれ、よろこび勇んで不動尊に参拝したものである。」

こうした母を思い浮かべる必要がある。この母の危篤に、とるものもとりあえず、かけつけた茂吉の心をよんだのが「其の一」である。まず「其の一」十一首を見てみよう。

ひろき葉は樹にひるがへり光りつつかくろひにつつしづ心なけれ
白ふぢの垂花《たりはな》ちればしみじみと今はその実の見えそめしかも
みちのくの母のいのちを一目《ひとめ》見ん一目みんとぞただにいそげる
うちひさす都の夜にともる灯のあかきを見つつこころ落ちゐず
ははが目を一目《ひとめ》見んとて急ぎたるわが額《ぬか》のへに汗いでにけり
灯《ともし》あかき都をいでてゆく姿かりそめの旅と人見るらんか
たまゆらに眠りしかなや走りたる汽車ぬちにして眠りしかなや
吾妻《あずま》やまに雪かがやけばみちのくの我が母の国に汽車入りにけり
朝さむみ桑の木の葉に霜ふりて母にちかづく汽車走るなり
沼の上にかぎろふ青き光よりわれの愁《うれえ》の来むと云ふかや（白龍湖）

上《かみ》の山《やま》の停車場に下《お》り若くしていまは鰥夫《やもお》のおとうとを見たり

「其の一」は、生母いくの危篤の報に接し、五月十六日、郷里山形に帰郷するまでのあわただしくも不安な気持ちをよみあげたものである。その連作全体の筆頭においた歌であるが、第二首目と並んで第一楽章の最初というより、序曲ともいうべき導入部であろう。母危篤の電報を手にした茂吉が、五月の水々しい広い若葉が明るい光を受けている自然に対して、焦燥の気持ちを歌って、その主観と客観の一体的効果を流動的にリズミカルにあらわした作である。

「光りつつかくろひにつつ」の動きが、不安な心を象徴的に表現して、律動的になっているのである。同音が多いから声調がたたみこまれて迫ってくるのである。

〈歌意〉 ○かくろひにつつ…かくれつつで、かげになりつつ。○しづ心なけれ…落ちついた心になれない。▽母の危篤のしらせに帰郷を急ぐ自分の目には、五月の太陽に木々の広葉が光りかげりゆれ動いているさまが、いっそう自分の気持ちを動かし、落ちついた心になれないことよ。

みちのくの母のいのちを一目《ひとめ》見ん一目見んとぞただにいそげる

「赤光」「死にたまふ母」「其の一」の第三首目の歌である。初版本では「一目見む一目見む」であったが、改選定本では「一目見ん一目みん」と直されたし、結句の「ただにいそげる」は「いそぐなりけれ」であった。第三首目は、この連作からいって、導入部から本題にはいった歌で、その筆頭になる作である。したがって、作者の目は自然からはじめて、危篤の母に思いを移し、その切迫した不安な気持ちを、ひたすらによみあげている。

茂吉独特の「いのち」が用いられている。いのちで要約されたことがらは、下句のくりかえした切願と結びついて、意味が深いものがある。下句の「一目見ん一目みん」のくりかえしは、切実切迫そのもので、冗長になりがちなものだが、かえって、たたみこんだ効果をあらわしている。

〈歌意〉 ○みちのく…みちのおくの約だが、東北地方をさす固有名詞。▽みちのくの山形在のふるさとに母は臨終の床にいる。その母が生きているうちに、ただ一目でもあいたい、どうしてもあいたいという心一すじに、自分はひたすら急ぐのである。

吾妻《あずま》やまに雪かがやけばみちのくの我が母の国に汽車入りにけり

「赤光」の「死にたまふ母」「其の一」の第八首の歌である。

母の危篤の知らせをうけて、夜行で東京をたった茂吉は、汽車のなかでは、母を気づかう心でうとうとしただけであった。夜がしらじらと明けると、五月の残雪にかがやく吾妻連峰が見える。

奥羽本線が山形まで開通したのは、鈴木啓蔵の調査によれば、明治三十四年四月十一日である。茂吉は、東北線から奥羽本線を通って山形に向かったわけである。少年のころ上野に行くには、仙台まで歩いて、東北本線に乗らなければならなかった。福島県と山形県の県境に板屋峠がある。そのトンネルをくぐると、汽車は米沢をさしてくだっていく。吾妻山は、その県境にそびえる吾妻連峰の山である。那須火山脈中、最大の群峰が稜線ゆたかに空を突いている。朝日連峰・飯豊《いいで》連峰も連なっている。吾妻山の残雪が、朝日にかがやいているのが目に映る。

この歌の魅力は、第四句の「我が母の国に」であろう。母のことのみを思って汽車で急ぐ茂吉は、ふるさとの吾妻山を見て、山形県にはいったことを「みちのくの母の国」と言いあらわしたのである。

〈歌意〉▽夜汽車でくると、朝がしらじらとあけて、あの吾妻山の雪にかがやいている。それを見ると、急いでいる自分もやっと母のおられる山形に汽車がはいったことだと思ったことであった。

はるばると薬をもちて来《こ》しわれを目守《まも》りたまへりわれは子なれば

「赤光」「死にたまふ母」「其の二」の中の第一首目の歌である。「其の二」は、母の臨終を歌った部分であるが、まず十四首全体を見なければならない。

はるばると薬をもちて来《こ》しわれを目守《まも》りたまへりわれは子なれば
寄り添へる吾を目守《まも》りて言ひたまふ何かいひたまふわれは子なれば
長押《なげし》なる丹《に》ぬりの槍に塵《ちり》は見ゆ母の辺《べ》の我が朝目《あさめ》には見ゆ
山いづる太陽光《たいようこう》を拝みたりをだまきの花咲きつづきたり
死に近き母に添寝のしんしんと遠田の蛙天に聞ゆる
桑の香の青くただよふ朝明《あさあけ》に堪へがたければ母呼びにけり
死に近き母が目に寄りをだまきの花咲きたりといひにけるかな
春なればひかり流れてうらがなし今は野《ぬ》のべに蟆子《ぶと》も生れしか
死に近き母が額を撫《さす》りつつ涙ながれて居たりけるかな
母が目をしまし離《か》れ来て目守《まも》りたりあな悲しもよ蚕《かうこ》のねむり
我が母よ死にたまひゆく我が母よ我《わ》を生まし乳《ち》足らひし母よ
のど赤き玄鳥《つばくらめ》ふたつ屋梁《はり》にゐて足乳根《たらちね》の母は死にたまふなり
いのちある人あつまりて我が母のいのち死行《しゅ》くを見たり死ゆくを
ひとり来て蚕のへやに立ちたれば我が寂しさは極まりにけり

茂吉は、この一連の大作について「作歌四十年」で、「赤光」が有名になったのは、この「死にたまふ母」

で、当時挽歌を作るものは、茂吉のこの歌を目安にして作るというほどであったと述べている。そして、模倣作のため今や陳腐化された感があるが、「その平凡化された一聯のうちに此処に抜いた六首などは、辛うじて今でもその命脈を保ち得るものではなかろうかと思って抜いて見たのであった」として、第五首、第七首第九首、第十一首、第十二首、第十四首の六首、すべて「其の二」から選んでいる。四部構成のうち、「其の二」の臨終の連作は、もっともすぐれており、よむ人の心に泌みいる作品といえよう。

この歌は、「まもりたまへりわれは子なれば」で、実作者としては「目守る」という表現に意味をおいている。みつめるではなく、まもるとした点である。そこに実感としての気持ちがあらわれている。四句五句を倒置して「われは子なれば目守りたまへり」では、説明的となって、余情がなくなってしまう。

次の連作第二首目「寄り添へる吾を目守りて言ひたまふ何か言ひたまふわれは子なれば」とともに味わうと、その歌境はよりはっきりしてくる。

〈歌意〉 ○目守る…じっと見守ること。 ▽はるばるとみちのくまで薬を持ってかけつけてきた自分を、母はじっと何か言いたげに見守っておられる。自分の子である私を。

死に近き母に添寝《そいね》のしんしんと遠田《とおだ》のかはづ天に聞ゆる

「死にたまふ母」中の「其の二」の第五首である。改選版では「遠田」のルビが「とほだ」となっている。

「作歌四十年」で作者は、「例の『しんしんと』は、上句にも下句にも関聯してゐるが、作者は添寝の方に余計に関聯せしめたかつたやうにおもふ」と述べている。「しんしんと」は、「赤光」に見る茂吉独自の表現で、他の例歌をみるならば「しんしんと雪ふる最上の上《かみ》の山に弟は無常を感じたるなり」「しんしんと雪ふりし夜にその指のあな冷たよと言ひて寄りしか」といった具合である。「しんしんと」は夜のふけるさま、寒さの身にしみるさま、または、しみじみという意である。危篤の母のもとに帰ってきて、看護しながら母のかたわらで寝ていると、しんしんと夜はふけわたっていく。蔵座敷の向こうにつづく遠い田圃《たんぼ》からは、蛙がかいかいとさかんに鳴きたてて、あたかも、天にひびいて天から聞こえてくるようである。死に近き母のかたわらにいる静寂と、遠田の蛙の燥音が対照的にとりあげられ、一種異様な雰囲気をかもし出しているところにこの歌の魅力がある。また、「遠田のかはづ天に聞ゆる」といい切った点が、この歌の味を深くして、味わう人に迫力をもって訴えるものが生じているわけである。

〈歌意〉　○添寝…添臥・かたわらにふせっていること。　○しんしんと…前述。　○遠田…遠い田。　▽危篤で余命いくばくもない母のかたわらでふせっていると、夜もふけわたって、遠い田圃で鳴きたてている蛙の声が天にひびき、天から降るように聞こえてくることよ。

桑の香《か》の青くただよふ朝明《あさあけ》に堪へがたければ母呼びにけり

「赤光」の「死にたまふ母」の中の「其の二」の第六首である。

五月の山形、茂吉の生家は養蚕《ようさん》で忙しいときである。母の臨終は五月、帰省した茂吉はどこの部屋も蚕でいっぱいの家にもどったわけである。母は蔵座敷《くらざしき》に寝ている。五月末の山形は、桐の花と郭公《かっこう》である。蔵王山のふもとの生家あたりでは、朝夕はひえびえとする。桑の青い葉が、においをこめてただよってくる朝、死のうとしている母をおもうと、作者の胸には、さびしさがこみあげてくるのである。「桑の香の青くただよふ」は、感覚的な表現であるが、そのなまなましさが悲しみにつながる。「おひろ」の歌にも「すり下《おろ》す山葵《わさび》おろし ゆ滲《し》みいでて垂る青みづのかなしかりけり」というのがある。「堪へがたければ母呼びにけり」は、切羽《せっぱ》つまった調べが端的で、直接的である。幼いころからの養蚕を体験している作者は、桑の香によって、幼いころからの母の思い出もよみがえってきたのであろう。桑の香によって、叫ばずにおられなかった寂しい気持ちのきわみをよんだ作といえる。

△歌意▽　○堪へがたければ…がまんができなくなったので　▽死に近い母のかたわらで寝て、一夜をすごした夜明け、すがすがしい朝の空気に、お蚕の桑がなまなましい香りをただよわせてくる。それによって、さまざまのことが想い出され、自分の気持ちはやりきれなくなって、ついにがまんができなくなって、思わず「お母さん」と呼びかけたのであったことよ。

死に近き母が額《ひたい》を撫《さす》りつつ涙ながれて居たりけるかな

「死にたまふ母」の中の「其の二」の第九首である。

この歌について、「作歌四十年」で作者は「母の額を撫《な》でて、もう意識の濁つてゐる母を見て、涙の流れてゐるところで、この歌は只今でも保存して置きたいと思ふ一首である」と述べている。

命が旦夕《たんせき》に迫っている母の意識はにごっている。しかし、病人は望まなくとも、少しでも楽にしてあげたいと、からだをさすってやるのが人間の心である。この場合も、母の額をしずかにさすってあげるのは、その子としての自然の情である。しかし、死んでいく母だと思うと、熱い涙がとめどなく頰《ほほ》をぬらすのである。「涙ながれて居たりけるかな」は、その情態をそのままよんでいるだけだが、上句と呼応してすなおに通っている。単純化されているだけに調べがよく、胸にすっとはいりこんでくるのである。「けるかも」でなく「けるかな」にしたのは、桂園調であって、万葉調でない。しかし、その方が重くならないばかりか、ひとり意気張っている点がなくなって効果的である。

〈歌意〉　○けるかな…けりとかなが結びついたもので、過去の動作がつづいているのを回想していう感動詞。　▽死も近い母の額をさすりながら、気がついてみると、いつのまにか自分の頰に涙がしきりにながれているのであった。

母が目をしまし離《か》れ来て目守《まも》りたりあな悲しもよ蚕《かいこ》のねむり

「死にたまふ母」の中の「其の二」の第十首である。

「作歌四十年」で、この歌を採った茂吉は、「私の家も養蚕をするので、何処《どこ》の部屋も蚕で一ぱいであった。蔵座敷で臥して居る母の側を暫《しばら》く離れて来て、蚕を飼つてをる部屋に立つてゐると、蚕は二眠《にみん》から三眠《さんみん》に入つて、桑を食ふことをやめて頭をあげて眠つてゐる。これは何とも云へず悲しく感ぜしめる。その時の歌である。私も老い、戦局迫り、もう蚕の歌などは出来まいとおもふので選んで置いた」としるしている。

蚕が桑の葉をくうことをやめて、頭をあげて眠りに入った姿をみて、悲しみがわいてきた。それは、母の死を連想するからである。この歌は、三句四句切れで、しかも体言止めである。第四句で詠嘆しているのが、「蚕のねむり」で体言止めとしてその効果を挙げているのである。

〈歌意〉 ○しまし…しばらくの間。○離れ来て…自動詞、はなれてきて。○目守り…目をはなさずに見る。○あな…感嘆詞、ああ。○もよ…感動詞。▽しばらくの間、母のかたわらからはなれて来て蚕の部屋にくると、すでに二眠にはいったのか、蚕は頭をあげて眠っているではないか。ああ、生きものの悲しみよ。

我が母よ死にたまひゆく我《わ》が母よ我を生まし乳足《ちた》らひし母よ

「死にたまふ母」の中の「其の二」の第十一首である。

この歌は、くりかえしが目立つ。茂吉も「作歌四十年」の自注のなかで、「これは迫った感情の調子で、繰返して行つたのがその特色である。『よ』といふ詠嘆の助詞を三つも使つてゐるので軽く辷《すべ》つて行つたかと思つたが、必ずしもさうでなかつたのは、感情が切実なためであつただらう。また結句の『乳足らひし母よ』は、『足乳根の』といふ枕詞から暗示を受けた新造語であるが、どうにか落着いたやうにおもふ。この歌で『死にたまひゆくわが母よ』といふごとき表現は、なかなか出来ないことであり、矢張り非常の場合におのづから出来た表現のやうにおもへるのである」と述べている。

「よ」という詠嘆が三つ使っていると、作者は述べているが、「母よ」が、三たびくりかえされている歌である。それが、呼びかけというより詠嘆の形をとって、単純でむだない叫びとなっている。上句の「母よ」は、二度くりかえされているが、だんだんと具体的な修辞によって、母と自分の関係を端的に表現している。もっとも注目すべきは下句で、これは七七調ではなく、五八調、または五五三調で表現している点である。こうした短歌の常套《じょうとう》的な音数表現を破って、しかも結句がおさまっているのは、「母よ」のくりかえしの効果である。「乳足らひし母よ」の五三音数は、初句、三句の切れの「母よ」と呼応して、調べをよくしている。いわば、五・七五、五五三といった三句構成の歌となっている点が、新しい試みとして注目すべきであろう。「乳足らひし」は、茂吉の新造語で、「足乳根の」から暗示を受けたといっている。語源的には乳をたらす女のことらしいが、それとは別に、ゆたかな乳で育てる意味で用いている。母の死にあって、歌は叫びとなったものであるが、それだけに、端的であって哀切である。「あらたま」にも「あが母の吾《あ》を生ましけむうらわかきかなしき力おもはざらめや」という有名な作がある。これもまた茂吉的な母親観があらわれている歌といえよう。

〈歌意〉 ○乳足らひし母よ…十分な乳で育ててくれた母よ。 ▽私の母よ。いま死なれようとしておられる私の母よ。私を生み、そのゆたかな母乳で私を育ててくれた母よ。

のど赤き玄鳥《つばくらめ》ふたつ屋梁《はり》にゐて足乳根《たらちね》の母は死にたまふなり

「赤光」の「死にたまふ母」の中の「其の二」の第十二首の歌である。茂吉は「作歌四十年」で、この歌について「もう玄鳥が来る春になり、屋梁に巣を構へて雌雄の玄鳥が並んでゐたのをその儘《まま》あらはした。下句はこれもありの儘に素直に直線的にあらはした。さてこの一首は、何か宗教的なにほひがして捨てがたいところがある。世尊が涅槃《ねはん》に入る時にも有象がこぞつて歎くところがある。私の悲母が現世を去ろうといふ時、のどの赤い玄鳥のつがひが来てゐたのも、何となく仏教的な感銘が深かつた。また、何もいはずに、ありの儘に直線的に云ひくだしたのも却《かえ》つて効果があつたやうに思ふし、かたがたこの一首を保存して置くことにした。」と書いている。

初版本では「足乳ね」が、定本改選本では「足乳根」と改められているが、表記だけで意味の上でのかわりはない。茂吉が仏教的感化をうけたのは少年のころである。隣の宝泉寺住職窿応和尚の薫陶を受け、生涯敬事していた茂吉には「地獄極楽図」(明治三十九年）の作もあるが、子規の涅槃図の模倣であることは、前にも述べたとおりである。釈迦入寂の時、鳥けだものが集まって歎き悲しんだのだが、それは子規がよんでいる。自分の母が死のうとしているとき、つがいのつばめが来て、屋梁にとまっているのを見て、茂吉は仏教的な感銘をうけたわけである。上句が、何か象徴的であるし、つばめのつがいを見つけて「のど赤き」と歌ったのも、鮮明で印象的である。それに対して、下句が、茂吉のいうごとく、直線的に事実を述べている。ここに二つの事象が、内面的な統一をとりながら、効果を深くしているのである。宝泉寺境内にこの歌の歌碑が近く建立されることになっている。

〈歌意〉　○玄鳥…つばめ。　○屋梁…天井を支える柱を強くするため横に渡した材木。　○足乳根の…母の枕詞。母そのものいもう。▽臨終の母の枕辺にすわってふと天上の梁《はり》を見上げると、のどの赤いつがいのつばめが二羽、母の死を見守るようにとまっている。自分を生んでくれた母は、今死んでいかれようとしているのだ。

わが母を焼かねばならぬ火を持てり天《あま》つ空には見るものもなし

「死にたまふ母」中の「其の三」の第五首である。「其の三」の連作を一応引いておかなければならない。ここでは、母を火葬にした折の作品十四首が収められている。

楢若葉てりひるがへるうつつなに山蚕《やまこ》は青く生《あ》れぬ山蚕は
日のひかり斑《はだ》らに漏《も》りてうら悲し山蚕は未《いま》だ小さかりけり
葬り道すかんぽの華ほほけつつ葬り道べに散りにけらずや
おきな草口《くち》あかく咲く野の道に光ながれて我ら行きつも
わが母を焼かねばならぬ火を持てり天つ空には見るものもなし
星のゐる夜ぞらのもとに赤赤とははそはの母は燃えゆきにけり
さ夜ふかく母を葬りの火を見ればただ赤くもぞ燃えにけるかも
はふり火を守りこよひは更けにけり今夜《こよい》の天《てん》のいつくしきかも
火を守《も》りてさ夜ふけぬれば弟は現身《うつしみ》のうたかなしく歌ふ
ひた心目守《まも》らんものかほの赤くのぼるけむりのその煙はや
灰のなかに母を拾へり朝日子ののぼるがなかに母をひろへり
蕗の葉に丁寧にあつめし骨くづもみな骨瓶《こつがめ》に入れしまひけり
うらうらと天《てん》に雲雀は啼きのぼり雪斑《はだ》らなる山に雲ゐず
どくだみも薊《あざみ》の花も焼けゐたり人葬所《ひとほおりど》の天《あめ》の明けぬれば

火葬場は、宝泉寺の北、稲田のあいだのくぼんだところを石垣をもってかこってある。そこに棺を入れてまきとわらでおおい、一晩かかって焼くのだが、親族者はそのかたわらで念仏を唱えてみまもる。火は終夜燃えつづけ、夜の明けるころにすっかり燃えてしまうのである。この連作の第六首・第七首の歌は、棺のなかにある母の死屍《しかばね》が燃えるところを歌ったものである。第五首のこの作は、火をつけんとする折の歌である。夜空は何も見えず暗く、油を注いだ棺に、親族たちがつぎつぎに火をつけていく。自分を生んでくれた母、育ててくれた母、その母を焼く火を持った茂吉の気持ちは、まさに「焼かねばならぬ」心境である。この口語的な切実感のあることばが、一首をひきしめていて、さらに効果をあげているものといえよう。順々と火をつけていくが、その火を手にしたとき、どっとおしよせた感慨を歌ったものである。その瞬間、夜空には何も見えなかった気持ちもよくわかる。

金瓶火葬場跡（矢印）

＜歌意＞　○天つ空…天空。▽焼場でいよいよ母の火葬となって、火をつける番になった。その火でわが母を焼かねばならぬ。火はあかあかとついて空には何も見えない。

星のゐる夜ぞらのもとに赤赤とははそはの母は燃えゆきにけり

「死にたまふ母」中の「其の三」の第六首である。

母のかばねの燃えるところをよんだ歌である。「星のゐる」は擬人法であるが、空には星、地には母、といった感じをあらわすためである。星がまたたいている夜空のもとであるが、地には赤い火群《ほむら》が燃えている。また、「あかあかと」とか「ははそはの母」といった同音語のくりかえしがあって、調子をよくしている。「あかあかと」は、茂吉のよく用いる表現である。このほかに、茂吉の歌には「赤」という色彩感覚がきわめて多い。たとえば、「赤光」のなかにも「葬り火は赤赤と立ち燃ゆらんか我がかたはらに男居《お》りけり」「山腹にとほく燃ゆる火あかあかと煙はうごくかなしかれども」とあるし、「あらたま」にも有名な「あかあかと一本の道とほりたりたまきはるわが命なりけり」の歌もある。「ははそはの」は枕詞であるが、茂吉の「赤光」には、こうした枕詞が多く見られるのである。

茂吉は「作歌四十年」で、第六首と第十首を採って自注しているが、それを見ると次のように述べている。「まえの二首は、その母のかばねの燃えるところで、深い感慨をこめた調子であらはして行つたのであつた。歌であるから、歌の方の約束に本づき『ははそはの母は』と云つたり、それから直ぐ『燃えゆきにけり』などとつづけて居るし、また『ひたごころ目守《まも》らむものか』などと強すぎるほどに云ひあらはしてゐるのであるが、これも抒情詩の一体としての短歌の本態に本づくものとおもはれる。」

〈歌意〉 ○ははそはの母…母の枕詞、ははそは柞で、ナラ・コヌギ類の木、柞葉《ははそは》となって母にかかる。 ▽夜になって火葬場にいて空を見あげると、星がまばたいている。その空の下で、母のなきがらはあかあかと燃ゆる炎となって燃えていかれたのであった。

はふり火を守りこよひは更けにけり今夜《こよい》の天《てん》のいつくしきかも

「死にたまふ母」中の「其の三」の第八首である。

夜ふけて、母を火葬する火が、ただあかあかと燃えていくのを見てこの歌ができたわけである。夜明けまで燃えつくしていく火葬場の火である。番小屋もない野中の焼き場である。その火の番をしながら、母のかばねを焼きつくすまで、そこで親族たちが集まって念仏を唱えてみまもるわけである。あかあかと燃ゆる炎を守りながらいる。「こよひは更けにけり」の「こよひ」は、作者にとっては万感のこもる夜であって、意味が深いのである。下句の「今夜の」と、二度用いられていることも、その夜の実感を強く歌わんためである。天に映える炎の赤さは、何か荘厳な感じがする。三句切れ、結句ともに「けり」「かも」の感動詞で結んでいながら、重苦しくなく冗長でない感じを与えるのは、二つの事象をよんで、両者の関係が説明的でなく、しかも感動として内面的に統一された歌境となっているからである。

〈歌意〉　○はふり火…火葬する火。○いつくし…おごそか。　▽母を焼く火を見守りながらいるこの夜も、だんだんとふけてきたことよ。燃ゆる炎があかあかと天に映えて、何か今夜の天はおごそかな感じがすることよ。

灰のなかに母をひろへり朝日子《あさひこ》ののぼるがなかに母をひろへり

「死にたまふ母」中の「其の三」の第十一首である。

朝日がのぼるころ、母のかばねはすっかり焼けてしまっている。その母の骨《こつ》をひろったときの歌である。まだ火気が残っているのを、作者は、かきわけかきわけして拾うのである。この作品で、問題は「母をひろへり」である。二句切れ、結句と「母をひろへり」を重ねて用いている。母の骨を拾へりといわないところに、大胆な表現だが実感を切実にしているものがある。茂吉は、例の「作歌四十年」のなかで、

「『母をひろへり』といふ表現は、きはどい句だが、これも当時しきりに模倣せられたものであつた。『母の骨をひろへり』と云はずに、直ちに『母をひろへり』と云つたところが模倣され易くもあり、模倣せられ、数多くなるとつまらなくなる性質のものである。そこで際《きわ》どいのである。そこでかういふ表現といふものは、一人の作者に生涯に一回ぐらゐだとせば、そんなに厭味《いやみ》にもならず、また際どくもないのであるが、模倣せられて、全体として下落してくると、厭味にもなり、つまらなくもなるのである」

と述べている。茂吉の独創であったこのことばは、またこの歌の生命であろう。そして、二度のくりかえしによって、母への思慕が詠嘆のなかに深くこめられているものといえよう。

＜歌意＞ ○朝日子…朝日。 ▽まだ炎のあつさの残っている灰のなかをかきわけて、焼いた母の骨《こつ》を拾うのである。夜が明けて、朝日がのぼり、いちめんに明るくなったこの焼き場で、わが母の骨を拾うのである。

蕗《ふき》の葉に丁寧《ていねい》にあつめし骨くづもみな骨瓶《こつがめ》に入れしまひけり

「死にたまふ母」中の「其の三」の第十二首。「赤光」初版本では、「蕗の葉に丁寧に集めし骨くづもみな骨瓶に入れ仕舞ひけり」と漢字を多く使って表記しているだけで、異同はない。

母の骨を集めて瓶にしまった折の歌である。この歌の問題は、茂吉のいうごとく、「丁寧に」のことばである。従来の歌人によってほとんど使われなかったことばである。くりかえされると厭味になるが、珍しい表現であったわけである。農村のことであるから、骨くずを入れるものは蕗の葉ッぱである。そこに拾い集めた骨くずを、骨瓶に入れて持ち帰るわけである。一首はすなおによまれていて、「丁寧にあつめし」の点に、真情がこもっている。

〈歌意〉▽朝日ののぼる朝あけ、まだ火気が残っている母の骨を、ひとつひとつ、丁寧に蕗の葉の上に拾い集め、それをみな骨瓶のなかにしまったことよ。

どくだみも薊《あざみ》の花も焼けゐたり人葬所《ひとほおりど》の天《あめ》明けぬれば

「死にたまふ母」中の「其の三」の第十四首、最後の歌である。

茂吉の自注「作歌四十年」によれば「奇抜でも何でもない、実に平凡な写生であるに拘らず、この歌の上句『どくだみも薊の花も焼けゐたり』のところが、しばしば模倣せられ、さういふ歌を見せつけられると、浄玻璃のまえに立たせられるような気がして慄然《りつぜん》としたものであつた」と述懐している。稲田を通って野のくぼみの焼き場は、自然の野のままである。そうしたところにある草花は、いろいろあるが、そのなかからどくだみと薊の花を代表せしめた写生の歌である。天も「てん」とよませる歌が多かったが、こんどは、「あめ」とよませている。「天明《あめあ》けぬれば」と語感がいいからであろう。天が明けて明るくなると、昨夜から母のかばねを焼いた野は、木やわらの炎のために、野生の植物も焼けてしまっているのに着目している歌である。

〈歌意〉○どくだみ…はんげしょう科の多年生草本。茎の高さ六十センチ。○薊…きく科の宿根草。花は頭状花で、紅紫色。○人葬所…死人を焼く場所。▽なき母を焼いたこの場所で、夜が明けて空が明るくなると、炎のために野生のどくだみも、薊の花も焼けていたのであった。

遠天《おんてん》を流らふ雲にたまきはる命は無しと云へばかなしき

「死にたまふ母」中の「其の四」の第十七首である。「其の四」は、悲哀のうちに酢川《すかわ》温泉に遊んだときの作品、二十首を収めている。連作であるから、まずその全貌を掲げておかなければならない。抄出の歌の鑑賞に役立つからである。

かぎろひの春なりければ木の芽みな吹き出づる山べ行きゆくわれよ
ほのかなる通草《あけび》の花の散るやまに啼《な》く山鳩のこゑの寂しさ
山かげに雉子《きじ》が啼きたり山かげに湧きづる湯こそかなしかりけれ
酸《すゆ》き湯に身はかなしくも浸りゐて空にかがやく光を見たり
ふるさとのわぎへの里にかへり来て白ふぢの花ひでて食ひけり
山かげに消《け》のこる雪のかなしさに笹かき分けて急ぐなりけり
笹原をただかき分けて行き行けど母を尋ねんわれならなくに
火のやまの麓にいづる酸《さん》の湯《ゆ》に一夜《ひとよ》ひたりてかなしみにけり
ほのかなる花の散りにし山のべを霞ながれて行きにけるかも
はるけくも峡《はざま》のやまに燃ゆる火のくれなゐと我《あ》が母と恋しき
山腹にとほく燃ゆる火あかあかと煙はうごくかなしかれども
たらの芽を摘《つ》みつつ行けり山かげの道ほそりつつ寂しく行けり
寂しさに堪へて分け入る山かげに黒々《くろぐろ》と通草の花ちりにけり

見はるかす山腹なだり咲きてゐる辛夷《こぶし》の花はほのかなるかも
蔵王山《ざおうさん》に斑《はだ》ら雪かもかがやくと夕さりくれば岨《そば》ゆきにけり
しみじみと雨降りゐたり山のべの土赤くしてあはれなるかも
遠天《おんてん》に流らふ雲にたまきはる命は無しと云へばかなしき
やま峡《かい》に日はとつぷりと暮れゆきて今は湯の香《か》の深くただよふ
湯どころに二夜《ふたよ》ねむりて蓴菜《じゅんさい》を食へばさらさらに悲しみにけり
山ゆゑに笹竹の子を食ひにけりははそはの母よははそはの母よ（五月作）

四部作からなる「死にたまふ母」の最後を飾る連作である。酢川温泉は、高湯温泉で母に連れられて行った出で湯である。そこに滞在して、母を失った悲しみをひとり静かにかみしめているときの作品といえよう。

さてこの一首は、遠くの空に流れる山の雲を見ながら、母と死別した自分の嘆きをよんだものである。流るる雲は命はない。古代信仰ならば、雲に人のいのちがあると信じようが、作者はその信仰を信じない。しかし、「たまきはる命は無しと云へば」悲しみが油然《ゆぜん》とわいてくるのである。そうした嘆きをよんだものである。

＜歌意＞　○遠天…遠い天辺。　○たまきはる…命の枕詞。　○流らふ…流れつづけている。　▽はるか遠い空には、たえまなく雲が流れつづけている。あの雲に命があると信じたのは昔の人のことだ。命はないといえば、また、かえって悲しみのつきないことだ。

山ゆゑに笹竹の子を食ひにけりははそはの母よははそはの母よ

「死にたまふ母」中の「其の四」の第二十首で最後の歌である。

酢川温泉の五月、山からは竹の子がとれる。茂吉の滞在したのは、若松屋という温泉宿である。笹竹の子は山国でとれる竹の子で、節を捨てて味噌汁にする竹の子ではなかろうか。小さいときから、五月ころになるとたべた竹の子であったろう。故郷の味がするし、幼少のころの思い出につながるたべものであったろう。山国の出で湯だから、食膳に出たわけだが、たべものによって、母の追憶がよみがえってきたのである。五月、私も山形の赤湯温泉で笹竹の子の味噌汁を味わったことがある。第十九首は、蓴菜をたべて、悲しみを新たにしている。笹竹の子と母とも関連があって、抵抗をなくしている。この歌は、下句が、「ははそはの母よ」のレフレインである。こうした呼びかけは、限りなくこだまして、その哀感の尾を引くのである。

＜歌意＞▽ふるさとの山の出で湯に来ていると、山の幸の笹竹の子が食膳に出た。それをたべると、思い出されるのは亡くなったばかりのわが母のことである。母よ、ああ、わが母よ。

めん鶏《どり》ら砂あび居《い》たれひつそりと剃刀研人《かみそりとぎ》は過ぎ行きにけり

「赤光」の「七月二十三日」五首のなかの第一首。大正二年の七月の作である。他の四首は、次の歌であるが、連作というより、その日の日録風のものである。

夏休日《なつやすみ》われもらひて十日《とうか》まり汗をながしてなまけてゐたり
たたかひは上海《しやんはい》に起り居たりけり鳳仙花《ほうせんか》紅《あか》く散りゐたりけり
十日なまけけふ来て見れば受持の狂人ひとり死に行きて居し
鳳仙花かたまりて散るひるさがりつくづくとわれ帰りけるかも

この歌は、茂吉の説明をきくのがわかりよい。作者は「私の部屋のまへの裏どほりに近いところの光景である。剃刀研ぎは、その裏どほりを通つてゆくのであつた。その光景は作者にとつてほとんど毎日の経験で、実に何でもないことであるが、歌人として心を索《ひ》くものがあつたので一首試み、相当苦心したようにおぼえて居る。特に『ひつそりと』といふ副詞について苦心したやうであつた。めん鶏どもが砂を浴びて居る炎天の日中に、剃刀研ぎがながく声をひいて振れて来た。その声に心を留めてゐると、私のゐるところの部屋のまへはもう黙つてとほり過ぎてしまつた。それが足駄の音でわかる。炎天の日ざかりはさういふ沈黙の領するといふやうなところもあつた。然るにこの歌が歌壇の評判になり、どこの雑誌でもこの歌を抜いて論じてくれた。材料も従来の歌に無いものであり、何となく象徴的で、意味ありげで、一首の奥から何物かがにじみ出でてくるやうに思へて、そこで評判になつたやうであつた。」と説いている。作歌動機や、その状景がわかって面白い。茂吉は「ひつそりと」が、きわどい語であるが、その苦心が一首を生かしていることも疑いない事実である。北原白秋の「ひいやりと剃刀ひとつ落ちてあり鶏頭の花黄なる庭さき」（「桐の花」）がよく引合いに出されるが、これは全然異質なものである。白秋の近代性は、感覚的なハイカラで、茂吉の近代性とは、質もちがうと見る説が正しいのではなかろうか。それはそれとして、茂吉の短歌表現の手法には、二つの事象を並べて、その内面的統一によって、一つの世界を現出する作品が多い。「七月二十三日」の終わりの歌もそうである。

〈歌意〉 ▽しんとした真夏の炎天下、庭にめん鶏たちが砂あびをしている。とそのとき、剃刀研《と》ぎが、ふれ声もなくひっそりと表を通りすぎて行ったことだ。

「あらたま」の歌

あかあかと一本の道とほりたりたまきはるわが命なりけり

歌集「あらたま」のなかの「一本道」連作八首中の第一首で大正二年の作である。まずこの連作八首の全体を見て、この歌の全体の構成からみてみよう。この歌は第一首目で、つづいて次の七首がある。

かがやけるひとすぢの道遙けくてかうかうと風は吹きゆきにけり
野《の》のなかにかがやきて一本の道は見ゆここに命をおとしかねつも
はるばると一すぢのみち見はるかす我は女犯《にょぼん》をおもはざりけり
我はこころ極まりて来《こ》し日に照りて一筋みちのとほるは何《なに》ぞも
こころむなしくここに来《きた》れりあはれあはれ土の窪《くぼみ》にくまなき光
秋づける代々木の原の日のにほひ馬は遠くもなりにけるかも
かなしみて心和《な》ぎ来むえにしあり通りすがひし農夫妻《のうふづま》はや

全体の歌から見て、作者が代々木の原っぱで詠んだ歌であることがわかる。茂吉は、師の伊藤佐千夫追悼号「先生のこと」で、この作歌動機について「先生は僕らの事を、まだ遠いまだ遠いと思ひながら死んで行かれた。秋の一日代々木の原を見わたすと、遠く遠く一ぽん道が見えてゐる。赤い太陽が団々として転がると一ぽん道を照りつけた。僕等は彼の一ぽん道を歩まねばならぬ」と述べている。

釣瓶《つるべ》おとしといわれる秋の落日は、澄《す》んだ秋空から代々木の原の一本道を赤々と照らしている。そうしたところに立っているのが茂吉である。八首に歌われた題材からいえば、茂吉の心境は複雑微妙である。左千夫没後、「アララギ」を守っていかなければならない事情もあったろう。母の死、女人との別れ、幼妻との結婚、外遊のことなどから、いろいろな決意が悲痛なひびきをこめて歌われている。

芥川龍之介が、冒頭一首を評して「ゴッホの太陽は幾たびか日本の画家のカンヴァスを照らした。しかし『一本道』の連作ほど、沈痛な風景を照らしたことは必しも度たびはなかったであろう」と述べたことは、前にもふれたところである。

こう考えると、この「一本道」は、概念的な歌ではなく、茂吉の若き日の人生の生き方に際し、秋の落日の一本道の風景に生命の象徴を託したものといえよう。

＜歌意＞ ○たまきはる…いのちの枕詞。語義は未詳。うち、いのちにかかる。▽秋の夕陽が、燃えるように野を照らしていて、そのなかに一本道がはるかとおっている。それが自分の生きていく道であるのだ。

しんしんと雪ふるなかにたたずめる馬の眼《まなこ》はまたたきにけり

「あらたま」の「雑歌」十七首の第四首で、大正二年の作である。冬の東京の街路で見た風景である。「しんしんと」は、茂吉一流の表現手法であることは前にもくわしくふれたが、よく町角で見る光景を巧みに写生している作である。このごろは自動車の氾濫《はんらん》する街路であるが、大正初期などは、牛馬の往来する町中であった。この歌の生命は「馬の眼はまたたきにけり」で、その観察の細かさにあるが、それよりも、生きものに対するあわれが作者の心にあることであろう。街上の一風景が、生きものの馬をとらえてあり、そして生物の生命をよんでいるところに、新しい境地があるものといえよう。

〈歌意〉▽街路には、しみじみと雪が降りしきっている。つながれて、たたずんでじっとしている馬の耳やたてがみにも、白い雪がふりつもるのだが、動かない馬は、雪のしずくにか、眼ばたきをしたことであった。

草づたふ朝の螢《ほたる》よみじかかるわれのいのちを死なしむなゆめ

「あらたま」の中の「朝の螢」八首中の一首。大正三年作で、茂吉の生命観をよんだ代表的な歌となっている。

この歌については「作歌四十年」で、茂吉はくわしく述べている。それを見るのが、何よりもよくわかる。すなわち「朝草のうへに、首の赤い螢が歩いてゐる。夜光る螢とは別様にやはりあはれなるものである。ああ朝の螢よ、汝とても短い運命の持主であろうが、私もまた所詮短命者の列から免がれがたいものである。されば汝と相見るこの私の命をさしあたつて死なしめてはならぬ。(活《い》かしてほしい)といふぐらゐの歌である。単純に『死なしむなゆめ』とだけ云つたために、これも常識的意味に明瞭を欠き、いろいろ論義の余地もあるわけであるが、ここは直観的に字面に即して味はつてもらへばいいやうである」とある。それにつけ加えて、この歌をよく赤彦が朗吟してくれ、それを聞いて涙が出るのを常としたと付記している。

朝の草の上にはっている螢を見て、それに自己のはかない生命の象徴を見い出しているわけだが、こうした諦念の世界、または無常的生命観は、東洋的な、または仏教的な万有観の現われである。茂吉の自然と生に対する感じ方は、露伴的な宇宙観の示唆に負うところが多いような気がする。

＜**歌意**＞　○草づたふ……草の上をあるいている。　○死なしむなゆめ……ゆめは打消の助動詞にともなう。決して、かならず、死なしめるな。▽朝、草の上を息たえだえに力なくあるいている首筋の赤い螢よ。おまえの命は短い運命にあろうが、自分もまた短命をまぬがれぬものである。おまえを見ているこの自分の命を、かならず死なしめないでほしい。

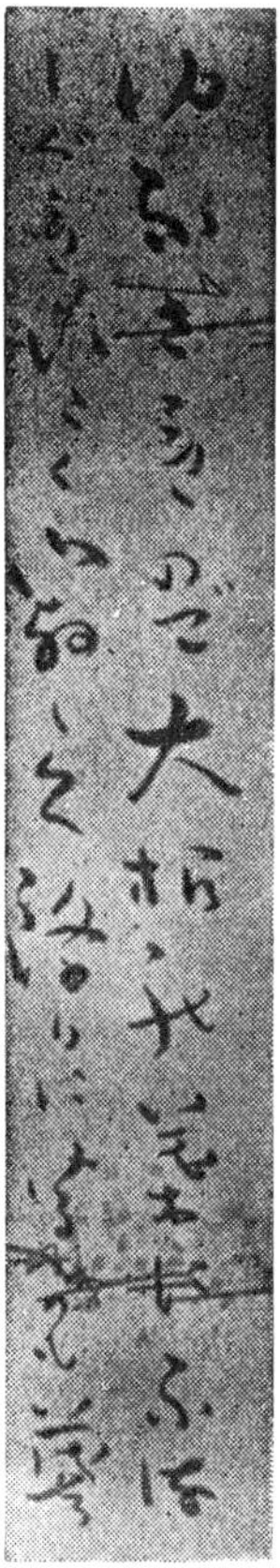

「ゆふされば大根の葉にふるしぐれいたく寂しく降りにけるかも」　茂吉書

ゆふされば大根《だいこん》の葉に降る時雨《しぐれ》いたく寂《さび》しく降りにけるかも

「あらたま」の中の「時雨」八首の第四首で、大正三年、秩父山中の作である。他の七首を引けば

片山かげに青々《あおあお》として畑あり時雨の雨の降りにけるかも
山峡に朝なゆふなに人居りてものを言ふこそあはれなりけれ
山こえて片山かげの青畑《はたけ》ゆふべしぐれの音のさびしさ
山ふかく遊行《ゆぎよう》をしたり假初《かりそめ》のものとなおもひ山は邃《ふか》しも
ひさかたのしぐれふりくる空さびし土に下《お》りたちて鴉《からす》は啼くも
しぐれふる峡《かい》にいりつつうつしみのともしび見えず馬のおとすも
現身《うつしみ》はみなねむりたりみ空より小夜時雨《さよしぐれ》ふるこの寒《さむ》しぐれ

茂吉は、自注「作歌四十年」で、「日本的風光を素朴に印象的に云つて『いたく寂しく降りにけるかも』

と一直線に云ひくだすといふ手法で、これがやはり同じやうな動きであつた。『いたく寂しく』とか、『……の寂しさ』とかいふのもこの頃の傾向で、好んで使つたものである。それが平安朝、鎌倉期の『寂しさ』とも違つた種類のものである」と述べている。

山片かげに青々とした大根畑があって、その広葉に時雨が降りかかる状景をとらえたものである。作者のいうごとく、日本的風景であり印象的である。また、「いたく寂しく」の主観の強いことばが、題材が題材だけに嫌味なく効果的である。「印象派や後期印象派の見方、あらわし方とは別途な一種の動きと看做《みな》していいものであろうか」とも言っている。中世の寂しさとちがった情緒を出しているとも言っているが、何か西欧的なものと東洋的なものが切りひらいた一つの自然詠のような気がする。茂吉自身、みずから好んだ作品である。

△歌意▽　○ゆふされば……夕方になると。○いたく寂しく……はなはだしく、大そうさびしく。▽夕ぐれになって、時雨が大根の青々とした葉に音をたててふりそそぐのは、何とさびしいことであることよ。

こらへゐし我《われ》のまなこに涙たまる一《ひと》つの息《いき》の朝雉《あさきじ》のこゑ

「あらたま」のなかの「雉子」八首中の第四首で、大正四年の作である。

「雉子」一連の他の歌を見るならば、次の如きものである。

おたまじやくしこんこんとして聚合《かたま》れる 暁森《あかつきもり》の水のべに立つ
宿直《とのゐ》してさびしく醒めし目のもとに黒きかへるご寄りてうごかず
朝みづにかたまりひそむかへるごを掻《か》きみだせども慰みがたし
朝森にかなしく徹る雉子《きじ》のこゑ女《おみな》の連《つれ》をわれおもはざらむ
尊とかりけりこのよの暁に雉子《きぎす》ひといきに悔《くや》しみ啼けり
大戸《おおど》よりいろ一様《いちよう》の着物《きもの》きてものぐるひの群外光《むれがいこう》にいづ
ひさびさにおのづからなる我がこころ呆《ほ》けし女《おみな》にものいひにけり

雉子の歌は、第四・五・六首である。六月の朝、森から聞こえる雉子の透徹した声を聞いたとき、さびしい自分の気持ちにしみとおって、涙が出たことをよんだ歌である。上句が、ひきしまった表現で、しかも自己を客観的によんで巧みである。下句も、「雉子のこゑ」という体言止めをとって、雉子の一声をだけよみこなし、説明的でなく象徴的である。

〈歌意〉○一つの息の……一息になくことをいう。▽朝、森にかなしくも雉子の一いきに鳴く声が強くひびいてくると、心なぐさまぬ自分のさびしさはこらえにこらえていたが、涙が眼にたまってくるのである。

真夏日《まなつひ》のひかり澄み果《は》てし浅茅原《あさじはら》にそよぎの音のきこえけるかも

「あらたま」の「寂しき夏」五首の第一首で、大正四年の作である。「寂しき夏」の他の四首を見てみよう。

まかがよふ浅茅が原のふかき昼《ひる》むかうの土に豚はねむりぬ
みじろかぬわれの体中《みぬち》は息づけり浅茅の原の真昼まの照り
停電の街を歩きて久しかり汗ふきをれば街《まち》の音さびし
墓地《ぼち》かげに機関銃のおとけたたましすなはち我は汁のみにけり（七月作）

第三首目までが、浅茅原の連作の形をなしていることがわかる。真夏の光をあびている昼間の浅茅原の風物を詠んだ歌である。真夏の強い日射しは、照りに照っている浅茅原は、もの音ひとつしない昼の静けさを保っている。暑いので豚も眠っている。自分の体内の呼吸もひびいてくるような暑さである。こうした真夏の風景のなかには、一抹のさびしさが漂っている。花鳥風月とちがった特異な題材を扱って、そこに一つの世界を写し出している手腕を見るべきであろう。

＜歌意＞ ○浅茅原…茅萱《ちがや》のまばらに生えた野原。 ○そよぎ…そよぐこと。そよそよと音のたつこと。 ▽さんさんと真夏の太陽の光は、すみきわまってそそいで、昼はまったく静かである。折しも浅茅原にそよそよとさわぐ風の音がきこえてきたことだ。

朝《あさ》あけて船《ふね》より鳴《な》れる太笛《ふとぶえ》のこだまはながし並《な》みよろふ山《やま》

「あらたま」の「長崎へ」の作品で、巻尾の歌となっている。「長崎へ」は十二首あるが、大正六年十二月の作である。詞書に「箱根より帰れば、おもひまうけぬ長崎に行くこととなりつ。十一月はじめ一たび東京長崎間を往反す。十二月四日辞令を受く。十七日午前八時五分東京を発し、十八日午后五時五分長崎に著す。」とある。この間の連作であるが、少し多いが他の十一首を引いて、その全構成をまず見てみよう。

いつしかも寒《さむ》くなりつつ長崎《ながさき》へわが行《ゆ》かむ日は近《ちか》づきにけり
目《め》の前《まえ》のいらかの上《うえ》に白霜《しろじも》の降《ふ》れるを見《み》ればつひに寂《さび》しき
ひたぶるに汽車《きしゃ》走りつつ富士《ふじ》が根《ね》のすでに小《ちいさ》きをふりさけにけり
おもおもと雲《くも》せまりつつ暮《く》れかかる伊吹連山《いぶきれんざん》に雪《ゆき》つもる見ゆ
西《にし》ぞらにしづかなる雲《くも》たなびきて近江《おうみ》の海《うみ》は暮《く》れにけるかも

佐賀駅《さがえき》を汽車《きしや》すぐるとき灰色《はいいろ》の雲《くも》さむき山《やま》をしばし見守《まも》れり
さむざむとしぐれ来《き》にけり朝鮮《ちようせん》に近《ちか》き空《そら》よりしぐれ来ぬらむ
長崎《ながさき》のみなとの色《いろ》に見入《みい》るとき遙《はる》けくも吾《あ》は来《きた》りけるかも
あはれあはれここは肥前《ひぜん》の長崎《ながさき》か唐寺《からでら》の甍《いらか》にふる寒《さむ》き雨《あめ》
しらぬひ筑紫《つくし》の国《くに》の長崎《ながさき》にしはぶきにつつ一夜《ひとよ》ねにけり
しづかなる港《みなと》のいろや朝飯《あさいい》のしろく息《いき》たつを食《く》ひつつおもふ

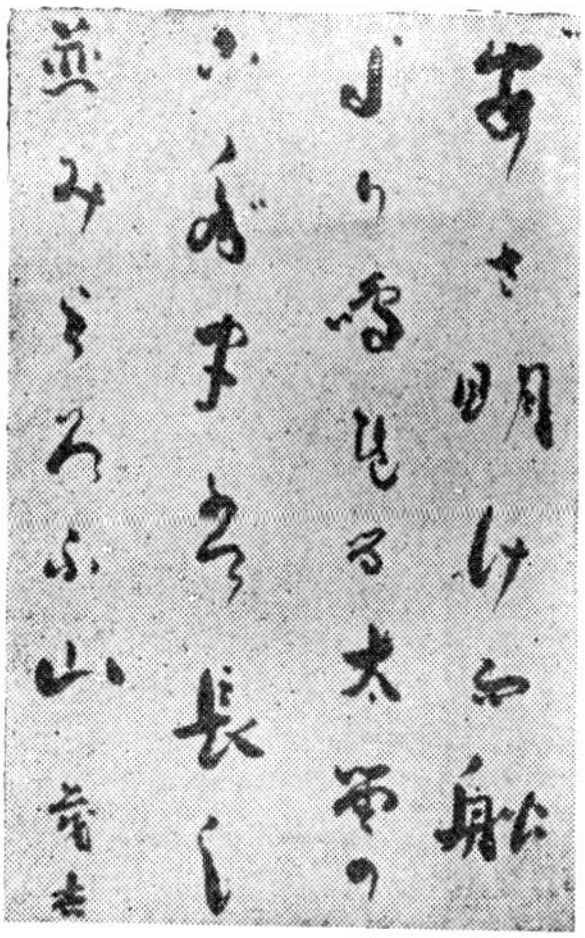

「あさ明けて船より鳴れる太笛のこだまは長し並みよろふ山」 茂吉書

このように東京で長崎を思い、汽車で出発し、東海道沿線を歌い、九州に入り長崎につき、長崎の風光をよみ、一夜明けて最後の歌となるといった時間的経過を追った連作である。そして、また「あらたま」の巻尾を飾る一首ともなっているのである。

長崎に着いた茂吉は、「みどりや旅館」の一室に宿をとった。長崎は坂町であるから瓊浦《たまうら》を一望に収められる。それをめぐる山々も回覧することができることはいうまでもない。一夜寝た翌朝、茂吉の心がひかれたのは、耳朶《じだ》にひびく船の太く長い汽笛であった。太く長く余韻を引いて、静かな海をわたって浦上の奥の方の丘陵にまで伝わってきこえる。

右田邦夫の「長崎での茂吉先生の憶出」（長九会第六号）にある文が、このことを裏書きしている。

「先生の或る時間であつた。遙か港の方から汽船の汽笛が聞えてきたら、今迄続いていた講義が、ピタリと止んだ。どうしたのかと思つてノートを書いて居た顔を上げると、先生は少し上向きざまに目をつぶつて口を少しすぼめた様な恰好で、何か聞き入つてをられたようであつた。汽笛が止んだら又講義が始められた。私は先生が長崎に来て作られた『朝あけて船より鳴れる太笛のこだまは長し並みよろふ山』の歌を記憶して居たので、ひどく感動したことを覚えている。」

はるばる長崎にきた茂吉は、地方生活もはじめてであるし、東京の思い出もあり、エトランゼの気持ちがいっぱいであったのだろう。汽船の汽笛は、何か感傷をそそるものであるし、旅情につながるものがある。茂吉はこの汽笛に感動して、長崎を去るまで、それから去ってから後までも忘却することができなかった。

この歌は茂吉の代表的名歌で、長崎市桜町公園にその歌碑が建てられた。茂吉は「作歌四十年」の中で次のように述べている。

「朝早くから、港に泊つてゐる汽船の鳴らす汽笛のおとは太くて長い特有なものである。それさへ旅人として珍らしいのに、その汽笛は港を囲む山々に反響する、のみならず、浦上の奥の方の丘陵小山まで伝はつて、実に長い音になつて聞こえる。自分は長崎に一夜寝た翌朝からこの汽笛の反響にひどく感動して、長崎を去るまで、それから去つた後までも忘却することが出来ぬのである。この一首は、長崎に著いてから間もなく出来たから、歌集『あらたま』に収めることが出来た。この歌の『並みよろふ山』は、大体『並み甲《よろ》ふ山』ぐらゐの意味だから、万葉巻一の『とりよろふ天《あめ》の香具山《かぐやま》』の『とりよろふ』とは必ずしも一致しなくともいいのである。さうして、『並みよろふ山』は、私の新造語だから、これも承知してゐてもらひたいのである。万葉の『とりよろふ』の踏襲だとおもふものだから彼此《かれこれ》いふけれどもそれは間違ひである。」

また、この歌について、他のところで次のように語っている。

「『こだまは長し並みよろふ山』は、僕が実に苦労して発明した句だよ。この句を得るためには、人に知られぬ苦心があつたのだから、諸君もどうぞ僕の苦心を尊重することにして、この句をやたらに用ひたりすることのないやうに、自重して下さい。」

武島羽衣がこの歌を評して、「太笛」「こだまは長し」「なみよろふ山」のことばを非とした。羽衣はこの歌を、「朝あけの船の汽笛の高鳴りて長くこだますなみ立てる山に」としたらよいと評した。これに対して茂吉は怒って「羽衣駁撃」の論文をもって反駁した。茂吉は、あくまで「太笛」であって、汽笛などはない。つまり、汽船で鳴らす大きい音の汽笛のことを「太笛」といったので、迂遠《うえん》なことばでなく、「短歌にはその形式の制約と、それに伴ふ広義の声調とあるによつて、漢語を大和言葉に翻すことは幾らもある」と述べ、新派歌人のさうした先例として子規の歌を引いている。「なみよろふ山」と「とりよろふ」とは、万葉集の用語例から不当として、「なみよろふ」は「並み甲ふ」という義で、茂吉の新造語であるとしている。茂吉は「僕は骨折つて、生をひきしぼつてこの語を造つた。僕の生を写すに必然にしてただ一つこの語を造つた。それに何ぞや、実地にも臨まず、如何なる場合、如何なる場処でこの歌語が出来たかをも顧慮せず」と駁撃している。「こだま」を主格とし、結句の「なみよろふ山」と相響き第四句が休止となって結句で二たびおこす技法をとっている。

茂吉が、いかにこの歌を作るのに苦心したかがわかるのである。

〈歌意〉○太笛…汽船でならす大きい音の汽笛。○並みよろふ山…並み甲ふ山の意で、ならびかこんでいる山々。▽朝、目が覚めると、港に停泊している船が、太く長く汽笛をならし、そのひびきが港をかこむ山々にこだまして長く尾を引いていることよ。

あはれあはれここは肥前《ひぜん》の長崎か唐寺《からでら》の甍《いらか》にふる寒き雨

「あらたま」中の「長崎へ」十二首（前掲）中の第九首の歌で大正六年の作である。

大正六年十二月十八日、長崎医専教授となって、長崎に赴任したときの作である。その当時としては、東京から長崎への旅は長いものであった。本州の南端の町であり、異国情緒の豊かな町である長崎にきての感慨が、初句の「あはれあはれ」と字余りのくりかえしの詠嘆となる。遙けくも来たここそ肥前の長崎である。キリシタンを迫害し、キリスト教と対抗するため、幕府は中国の寺を盛んに奨励して建立させた。いわゆる唐寺である。長崎の歌は「つゆじも」が中心であるが、その中で唐寺のことばを用いてよんだ歌を拾うと次のような作がある。

長崎の昼しづかなる唐寺《とうでら》やおもひいづれば白きさるすべりのはな
ここのみ寺より目《ま》したに見ゆる唐寺《とうでら》の門の甍《いらか》も暮れゆかむとす

長崎には聖福寺《しょうふくじ》、崇福寺《そうふくじ》、興福寺《こうふくじ》、春徳寺など寺が多く、茂吉は折あるごとにおとずれている。
さてこの一首は、上句は調べよく感慨を述べて、下句でその具体的な事象を述べている手法である。その具象的なことを、唐寺に降る十二月の寒い雨としたところに、エトランゼの感傷が生き生きとこもって、一首の効果をあげている歌といえよう。

〈**歌意**〉　○肥前…今の長崎県。　○唐寺《からでら》…とうでらともよぶ。中国人の開いた寺で、様式も中国風な寺。　▽ああ、はるばるとやってきたここそ長崎の町である。中国風の寺のいらかに寒い雨が降り注いでいるのを見ても、その感じが深いことよ。

「ともしび」の歌

しづかなる峠をのぼり来しときに月のひかりは八谷《やたに》をてらす

「ともしび」の中の「箱根漫吟の中」「其一」の第一首で大正十四年の作。「其一」は「大正十四年八月より九月にわたり箱根強羅にこもりしをりをりの歌を輯《あつ》め録す」と詞書があって、この歌につづき次の九首が収められている。

くまなき月の光に照らされしさびしき山をけふ見つるかも
ほそほそととほりて鳴ける虫が音はわがまへにしてしまらくやみぬ
こほろぎは消《け》ぬがに鳴きてゐたりけり箱根のやまに月照れるとき
ものの音《と》に怖《お》づといへどもほがらかに蟋蟀《こおろぎ》鳴きぬ山の上にて
まなかひに迫りし山はさやかなる月の光に照らされにけり
山なかのあかつきはやき温泉《いでゆ》には黒き蟋蟀ひとつ溺れし

見てをれば湯いづる山のひるすぎに氷を負ひてのぼり来《こ》し馬
いそぎ行く馬の脊《せ》なかの氷よりしづくは落ちぬ夏の山路に
たまくしげ箱根の山に夜もすがら薄をてらす月のさやけさ

「箱根漫吟の中」は「其三」までつづき、五十三首に及ぶ大作である。「木曽山中」「木曽氷ヶ瀬」「高野山」「能野越」など、それぞれ大部の旅吟であって、「ともしび」の自然詠の中心をなしている。

この年、比叡山の「アララギ」安居会から帰京した茂吉は、箱根強羅の山荘にきた。父紀一が手に入れておいた別荘で、茂吉はこの後も毎年のようによく強羅に来ている。毎日自然と親しみ、多くの歌を作った。というのは、茂吉にとって箱根の自然は感動の種であった。月光も虫の声も、茂吉の心に新しい感興をよびおこしたと述懐している。この歌についても「『しづかなる峠をのぼり来しときに』の歌は、自分の歌でも出来のよいものとして、百人一首などにも入れたのであるが、それも此処で出来た」と述べている。土屋文明は、この峠を強羅の別荘から大湧谷へ越える坂道と推定している。

この歌は、三句切れのうまさにあると思う。「しづかなる峠をのぼり来しときに」が動的で、「ときに」が利《き》いている。動作が生き生きと出て、説明的でなく、調べもよい。これをうけて「月のひかりは八谷をてらす」いう下句が、雄大な風景が轄然《かつぜん》とひらけているところに、一首を格調高く堂々とした感じを与えて、一つのスキもない。

〈歌意〉 八谷…多く谷がいりくんでいるのを八谷といった。 ▽ものの音もしないしずまりかえった峠をのぼっていくと、見はるかす谷また谷を、月の光がてらし出している。

めざめゐてわれはおもへり雑草《あらくさ》の実はこぼるらむいまの夜ごろに

「ともしび」の中の「金線草《みずひきそう》」八首中の第六首で、大正十五年の作である。
「金線草」一連の他の七首を見てみよう。

秋づきて心しづけし町なかの家に氷を挽《ひ》きをる見れば
おのづから生ひしげりたる帚《ほうき》ぐさ皆かたむきぬあらしのあとに
野分《のわき》すぎて寂《さ》びたる庭に薄《すすき》の穂《ほ》うすくれなゐにいでそめしころ
女《め》の童《わらわ》あつぶすま著てねむりたりはや宵々は寒くなりつつ
しげりにし莠草《はぐさ》を見ればあはれなるひといろになりてうら枯れむとす
秋ふけし日のにほひだつ草なかに金線草《みずひきぐさ》もうらさびにけり
月かげのしづみゆくころ置きそふる露ひゆらむかこの石のうへ

秋深い夜、うら枯れようとする秋草のことを歌っているところに、特別な境地がある。この歌の生命は、雑草の実がこぼれ落ちているであろうという点をよんだところにある。その他の初句二句の表現は、よくある表現であって、何ら新味はないが、一首としてみるときは、二句切れで総体的なことを述べ、後の部分で、具象的なことを歌うそのことが、特異である点にある。自然の生命主義とでもいおうか。雑草がうら枯れ滅びても、その生命の種子は、地におちて永続していくのである。こういった歌は、茂吉独特の世界といえよう。

〈歌意〉 ○雑草…あらくさ、荒草のこと。荒野に生ずる草。▽夜おきていて、自分はふといま時分の夜には、枯れんとする名もなき雑草の実が土にこぼれおちていることだろうと思ったことよ。

壁に来て草かげろふはすがり居り透きとほりたる羽のかなしさ

「ともしび」のなかの「澄江堂の主をとむらふ」という小題がある。昭和二年の作である。七月二十四日、自殺した芥川龍之介の死をとむらった三首の挽歌の第二首で、第一・第三の歌は次の如きものである。

夜ふけてねむり死なむとせし君の心はつひに氷《こおり》のごとし
やうやくに老いづくわれや八月《はちがつ》の蒸《む》しくる部屋に生きのこり居り

そのほか「ともしび」のなかに「悼芥川氏一首」として、

むしあつくふけわたりたるさ夜なかのねむりにつきし死《しに》をおもはむ

また「白桃」には、「芥川氏七回忌」として次の二首がある。

宵やみよりくさかげろふの飛ぶみればすでにひそけき君ししぬばゆ
暑くして堪へがたきときに君をおもふ七年《ななとせ》まへのそのあかつきを

澄江堂芥川龍之介の死は、茂吉にとって大きなショックだった。茂吉は乞われるままに睡眠薬を与えていたが、そのヴェロナールを芥川は多量に飲んで自殺したのであった。茂吉は、この挽歌について「作歌四十年」のなかで次のように述べている。

「澄江堂主人芥川龍之介氏の亡くなられたときの挽歌である。睡眠薬で死なれたのだから『ねむり死なむ』とした。これなどもいささかの工夫であつた。それから草かげろふの青い透きとほる羽は、故人の象徴であるかのやうに思へるふしもあるので、その実際の草かげろふを写生して置いた。第三首『蒸しくる部屋に』が眼目である。帰朝後は、相当に親しい交りをしてゐたので、自然に如是《かくのごとき》の挽歌が出来た」

草かげろうを芥川の象徴と見た茂吉だが、芥川の風貌は、まさにそんな感じであった。私も、自殺する三週間前に芥川とあったが、痩軀鶴のようで、影の薄かったことを覚えている。若くして、「ぼんやりとした不安」によって自らの命を断った鬼才芥川を弔った歌である。

〈歌意〉　○草かげろふ…草蜻蛉。くさかげろう科の昆虫。触角は糸状または連鎖状で、形は小さい蜻蛉のようで弱々しく緑色。翅《はね》は透明、多くの翅脈《しみゃく》があって美しく、体長は十ミリぐらい。▽一匹の草かげろうが、私のいる部屋の目の前の壁によわよわしくとりすがっている。そのはかない透きとおった美しい翅を見ていると、今更ながら若くして命を自ら断った友だちが思われて、悲しい気持ちにかられることだ。

「白桃」の歌

春の雲かたよりゆきし昼《ひる》つかたとほき真菰《まこも》に雁《がん》しづまりぬ

「白桃」の中の「残雁行《ざんがんこう》」八首中の第五首で、昭和八年の作である。その年三月十九日、山口茂吉・佐藤佐太郎とともに、千葉県柴崎沼に残雁を見に行ったときの連作である。この「残雁行」八首である。他の七首は。

山あひに冬がれ立てる一むらの柞《ははそ》に近く汽車は走りぬ
あかつきの麦生《むぎう》の霜は白けれど春の彼岸に近づきにけり
むらがりて落ちかかりたるかりがねは柴崎沼のむかうになりつ
あまのはら見る見るうちにかりがねの一つら低くなり行きにけり
下総《しもうさ》をあゆみ居《お》るときあはれあはれおどろくばかり低く雁なきわたる
声しげき雲雀《ひばり》のこゑは中空《なかぞら》に聞きつつぞ行く黄《き》なる蘆《あし》はら

かぎろひの春日といへど未《ま》だ寒き田中の泥にこころこほしむ

このときの作品について、「作歌四十年」で茂吉は次のように述べている。

「これは友二人と共に柴崎沼の方に旅した時のもので、『残雁行』と題して発表した八首中の三首（注第四・五・六首）である。三つとも意味の分からぬ処がなく、言葉も順当に運ばれてゐるやうにおもふ。かういふ声調はのびのびとしてゐるから、平賀元義《もとよし》の万葉調とは違ふが、宗武《むねたけ》とか良寛とかいふ万葉調歌人のにはかういふのがあるやうに思ふ。残雁の趣味などは一時歌人の意識から消えかかつたものだが、天然を丁寧に見さへすれば決して陳腐に陥らないことを此等の歌が証明してゐる。また、このあたりで自分の歌が小さく一進歩をしてゐるのではないかとおもはれる」

早春三月、帰雁の一列がみるみるうちに低くなっていく。また、歩いていると、おどろくばかり、低く雁がなきながら羽を動かしてわたっていく。こうした情景をとらえた一首である。静かな春の一日、昼ごろ、雲は片より流れていくとき、真菰のなかに雁が落ちていくのである。のびのびした声調で、観察もこまかで、自然観照の写生に円熟味を示している歌といえよう。

＜**歌意**＞　○真菰…いね科の多年生草本。高さ一、二メートル、沼沢に自生し葉はむしろとなる。　▽三月の早春、ふうわりと浮いた春の雲は、昼ごろになると一方に流れていく。そのころ、遠くにある真菰の生えているなかに雁がはいっていった。

のぼり来《こ》し比叡の山の雲にぬれて馬酔木《あしび》の花は咲きさかりけり

「白桃」の中の「比叡山」二十首の第五首で、昭和八年の作である。
「比叡山」二十首は、多すぎるので、冒頭第四首までの歌を見ることにする。

咲く花は咲きつつありて芽ぶかむとする山のおとこそ寂しかりけれ　（四月六日）
戒壇院《かいだんいん》にのぼりて来ればまだ寒く裏手《うらて》にまはり直《す》ぐにおりにき
やうやくに芽ぶかむとして沙羅雙樹《さらそうじゅ》たてる木《こ》のもとゆきかへりすも
中堂《ちゅうどう》の庭に消《け》のこる雪見れば土につき白きいはほのごとし

昭和八年四月五日、佐原窿応上人の本葬儀が番場の蓮華《れんげ》寺で行なわれたので、妻と山口隆一の三人で列席し、その足で比叡山にのぼって、六日・七日と過ごした。その折よんだ数多いなかの一首である。春四月だが、中堂の庭には固くなった雪が残っている。春のことゆえ、沙羅雙樹の木もようやく芽ぶきはじめている。しかし、桜の花が散ると馬酔木《あしび》の白い花も咲きはじめる。山の馬酔木が、真盛りに咲いているのを見てよんだ一首といえよう。比叡山は、京都市東北方、山城・近江両国にまたがる山で、王城鎮護の霊山として昔から有名である。天台宗の総本山延暦寺《えんりゃくじ》がある。山の高さは大比叡がもっとも高く、八四三メートル。

この歌は、早春、馬酔木の白い花盛りを比叡の山に見たところにあるが、「雲にぬれて」に妙味がある。馬酔木の花房がしっとりとしているのを、雨でなく、雨雲の去来する山の雲にぬれたとみているわけである。そこに非凡な観察があるといえよう。

〈歌意〉　○馬酔木…あせび、あせぼ、あせみともいう。万葉にも歌われ、奈良公園に多い木である。しゃくなげ科の常緑灌木。葉に毒素があり、牛・馬・鹿などがたべると麻痺するので馬酔木という。▽早春比叡山をのぼってくると、山にかかる雨雲にぬれて、馬酔木の真白な花房が今を盛りに咲いている。

陸奥《みちのく》をふたわけざまに聳《そび》えたまふ蔵王《ざおう》の山の
雲の中に立つ

「白桃」の中の「蔵王山上歌碑」の歌で、昭和九年の作である。「六月四日、舎弟高橋四郎兵衛が企てのままに蔵王山上歌碑の一首を作りて送る」と詞書がある。これについて、作者は「作歌四十年」で、次のように述べている。
「歌碑建立はそのころ歌壇の流行になつてゐたのでかうい

「もろともに教の親のみいのちの
さきくいませと建つる石ふみ」

中山翁寿碑にある茂吉の歌

ふ企は尽く拒絶してゐたところ、梧竹翁の富士山上碑もあるのに、朝晩仰いで育つた蔵王のお山に歌碑を建てない法はないと説得せられ、つひにこの一首を作つた。『聳えたまふ』は、この山は出羽三山の『西のお山』に対して『東のお山』であり、女人禁制の神山であつたからである。歌碑のことを舎弟らはウタヅカと称してゐる。石工鈴木惣兵衞精進潔斎《しょうじんけっさい》、蔵王ヒュッテに宿泊して日々山上に通ひ、八月廿九日、雲霧濛々《もうもう》たる中にその建立を成就したのであつた。」

茂吉は、生前に歌碑の建つのを嫌った。したがって、蔵王山の熊野岳山頂の歌碑は、唯一の歌碑といわれた。しかし昭和二十七年には、八王子市に建立された。没後、大石田・酒田・上山・吾妻山・猿羽根《さばね》峠・強羅・島根と十余基にのぼっている。しかし昭和五年四月、茂吉の子供時代の友人中山喜五郎宅の記念碑に、茂吉の歌が刻みこまれている。中山喜五郎は、観世流の謡曲家で「中山翁寿碑」に茂吉の贈った賀歌「もろともに教の親のみいのちのさきくいませと建つる石ふみ」というのが刻まれている。この歌は碑の裏に彫るべきだったと、茂吉は中山に手紙で申し送っている。偶然、歌碑のような形となったのをいれれば、生前三つあったことになる。

さて蔵王の歌だが、茂吉は幼少のころ、帰省・旅行・疎開中と、この連峰にたえず接しているばかりが、蔵王登山もしているので、この山をよんだ歌の数は多い。蔵王は那須火山に属している休火山群で、北蔵王と南蔵王の二つの山塊に分かれている。熊野岳・刈田《かった》岳・名号峰に抱かれて、中央火口は水のたまったお釜がある。茂吉の蔵王をよんだ歌をいくつか引いてみよう。

みちのくの蔵王山なみにゐる雲のひねもす動き春たつらしも「霜」
くもりたる空を奥《おき》にししろたへの蔵王の山はしばしあらはる「霜」
おもほえず川原《かわら》を越えてあらはれき雪はだらなる蔵王の山は「霜」
蔵王をのぼりてゆけばみんなみの吾妻の山に雲のゐる見ゆ「赤光」
あさけより日の暮るるまで見つれども蔵王の山は雲にかくろふ「白桃」
ひさかたの雪はれしかば入日さし蔵王の山は赤々と見ゆ「白桃」
いただきに寂しくたてる歌碑《かひ》見むと蔵王の山を息あへぎのぼる「寒雲」
この山に寂しくたてるわが歌碑よ月あかき夜をわれはおもはむ「寒雲」
みちのくの蔵王の山に消のこれる雪を食ひたり沁みとほるまで「寒雲」
むら山のうねりか青なる真中《もなか》に蔵王のやまは赭《あか》くそびえぬ「寒雲」
とどろける火はをさまりてみちのくの蔵王の山はさやに聳ゆる「つきかげ」
ひさかたの天《あめ》はれしかば蔵王のみ雲はこごりてゆゆしくおもほゆ「霜」
真澄《ますみ》なる空となりしかど一しきり蔵王のいただきに雪げむりたつ「小園」
ふかぶかと灰色を奥にして白き蔵王は聳えけるかも「小園」
いただきはきその一夜《ひとよ》に白くなり五月五日の蔵王の山「小園」
ここにして蔵王は見えずとおもひしにかの山は蔵王南たか空「白き山」

茂吉の蔵王詠は数多いが、この歌碑のために作った一首は、なかでもすぐれた歌であろう。その雄大さは、まさに人麿的な壮大美となっている。東北地方の南部を二分し、山形・宮城両県にまたがり、太平洋と日本海に注ぐ諸川の分水嶺をなしてそびえる蔵王は、神山として、雲のなかにその三山の峰を連ねている。蔵王は古くは、不忘山《わすれずのやま》または刈田嶺といったが、蔵王権《ごん》現《げん》を祭ったので蔵王といわれるようになった。こうした姿をみちのくの南中央に立つ蔵王を「みちのくをふたわけざま」と表現し、さらにその高山を「雲の中に立つ」とした表現は、格調が高い。下句の「の」の三つの用い方も、一気によみくだせば気にならない。そういった声調を考えての表現だからである。

昭和十四年七月八日、茂吉は結城哀草果・高橋四郎兵衛らと蔵王山に登って自分の歌碑を見に行った。歌碑の前に立った茂吉は、その日の感動を長く心にとめようとしたのであった。

〈歌意〉　○みちのく…東北地方。　○ふたわけざまに…二分するように。　▽あたかも東北地方を二つに分けるかのようにそびえておられる神山蔵王の山は、高く雲の中に突っ立っているのである。

茂吉による蔵王連山のスケッチ

「小園」の歌

うつせみのわが息息《そくそく》を見むものは窗《まど》にのぼれる蟷螂《かまきり》ひとつ

「残生」八首全体を見てみよう。

すでにして蔵王の山の真白きを心だらひにふりさけむとす
一日《ひとひ》すぎ二日《ふたひ》すぎつつ居りたるにいつの頃よりか山鳩啼かぬ
うつせみのわが息息を見むものは窗にのぼれる蟷螂ひとつ
のがれ来てわが恋《こほ》しみし榛栗《はしばみ》も木通《あけび》もふゆの山にをはりぬ
夜な夜なは土もこほりぬしかすがにたぎつ心をとどめかねつる
あかがねの色になりたるはげあたまかくの如くに生きのこりけり
来む春に穴をいづらむくちなはがこの石の上に何見るらむか
もろともに叫びをあげむくれなゐの光の浮ぶひむがし見れば

この歌は「残生」八首中の第三首で、昭和二十年の作である。

故郷を出て五十年ぶりにまた生活することとなった金瓶における作品である。この年八月十五日、終戦となり、茂吉は別に仕ごともないので、あちこち出歩いた。「小園」の跋文によれば「山に行つては沈黙し、川のほとりに行つては沈黙し、隣村の観音堂の境内に行つて鯉の泳ぐのを見てゐたりした。また上山まで歩いてゆき、そこの裏山に入つて太陽の沈むころまで居り居りした。さうして外気はすべてあらあらしく、公園のやうな柔かなものではなかつた。それでも金瓶村の山、隣村の寺、神社の境内、谷まの不動尊等は殆ど皆歩いた。さうして少年であつたころの経験の蘇つてくるのを知つた」とある。

聖戦といわれた戦争に、渾身愛国歌を歌いあげてきた茂吉である。敗戦を迎え、六十三歳の老身、故郷に少年のころを思い、山野を跋渉《ばっしょう》しながら残生の感慨も一入《ひとしお》であった。

〈歌意〉○うつせみの…うつそみ。この世に現存する人間、生存している人間。○息息…息の出入の相つぐこと。やすらかに呼吸すること。○蟷螂…かまきり科の昆虫。頭三角形、前胸長く腹部肥大、前肢は鎌状の捕獲肢で、地の虫を捕えてくう虫。▽この世に生きながらえている自分がやすらかに息をしている姿を見ようとしているのは、窓にのぼってこちらをみている大きな眼をした一匹のかまきりであることよ。

「白き山」の歌

最上川逆白波《さかしらなみ》のたつまでにふぶくゆふべとなりにけるかも

「白き山」の「逆白波」五首中の第三首で、昭和二十一年の作である。茂吉が大石田疎開中の作で、大石田は最上川の沿岸にあって積雪地帯である。茂吉は、二藤部兵右衛門の離れ「聴禽書屋」に住み、病気するまでよく沿岸地帯から隣村にまで散歩した。もっとも愛したのは最上川である。最上川増水のときには、病床中、看護婦に連れられて見に行ったことすらある。天気のよい日は、草鞋を穿《は》き桟俵《さんだわら》をもち、最上川沿岸や近くの山野をひとりだれにも知られぬように歩きまわった。十二月はじめに雪が降りはじめる。新庄《しんじょう》近辺で豪雪地帯であるし、吹雪くこともあった。

茂吉の最上川をよんだ歌は多い。「逆白波」五首は一首だけ最上川をよんでいるから、全体を掲げることを省いた。蔵王山と同じように、茂吉は郷土の山や川を愛した。郷土愛の歌人である。最上川の歌を、大石田時代の作品から抄出すれば、

四方の山皚々《がいがい》として居りながら最上川に降る三月のあめ
最上川みかさ増《ま》りていきほふを一目《ひとめ》を見むとおもひて臥《ふ》しゐる
最上川の岸にしげれる高葦の穂にいづるころ舟わたり来ぬ
最上川の上空《じょうくう》にして残れるはいまだうつくしき虹の断片
最上川に手を浸《ひた》せれば魚の子が寄りくるかなや手に触るるまで
最上川のなぎさに居れば対岸《かのきし》の虫の声きこゆかなしきまでに
最上川ながるるがうへにつらなめて雁《がん》飛ぶころとなりにけるかも
おほどかに流れの見ゆるのみにして月の照りたる冬最上川
ひむがしに霧はうごくと見しばかりに最上川に降る朝しぐれの雨

最上川の数多い歌のなかで、冒頭の一首は、その実景を単純化し、力強い声調でまとめた点で絶唱でなかろうか。私も、大石田・酒田の最上川を、茂吉の跡を尋ねてつくづくと見てきたが、この歌にいちばん心がひかれる。東北の冬のはげしい吹雪は、実感としても味わっている。北から吹く風は、北を指して流れる最上川に逆波をたてる。その波頭が白く穂立つ波である。冬の荒涼たる最上川の姿が、万葉調で大きく適確に

最上川の上空にして残れるは
いまだうつくしき虹の断片

大石田町虹ヶ岡茂吉歌碑

最上川をへだてて大石田をのぞむ

とらえられている佳吟である。

〈歌意〉　○逆白波…風に逆らって立つ白波。　▽冬の最上川が、逆風で川波が白く波立つまでに吹雪きはじめた夕方になってきたことよ。

最上川のほとりをかゆきかくゆきて小《ちい》さき幸をわれはいだかむ

「白き山」の「寒土」十一首中の第三首で、昭和二十一年の作である。

茂吉の大石田時代の歌で、「寒土」には「聴禽書屋」吟や、秋山散策の雑詠がまとめられている。最上川の歌はこの一首である。大石田の茂吉は、弧独な疎開生活を、どれだけ最上川によってなぐさめられたことか。

〈歌意〉　○かゆきかくゆき…かなたへ行き、こなたへ行き。　▽わが好む最上川のほとりを、あっちこっち行ったり来たりして、川のべにいることはたのしい。この小さな幸を自分の心にたいせつにしておこう。

年譜

一八八二年(明治十五年)　五月十四日(戸籍では七月二十七日)山形県南村山郡堀田村大字金瓶《かなかめ》字北一六二番地(現上山市)の農家守谷家の三男として出生。父伝右衛門(同村金沢治右衛門弟熊次郎、明治二十七年改名)母いく。曽祖父の名をとって茂吉《もきち》と命名。

＊井上哲次郎ら「新体詩鈔」刊。

一八八五年(明治十八年)　**三歳**　六月七日、妹松生まれ七月二十日夭死。

＊坪内逍遙「小説神髄」刊。

一八八七年(明治二十年)　**五歳**　弟直吉(後の高橋四郎兵衛)出生。

一八八八年(明治二十一年)　**六歳**　金瓶尋常小学校入学。

＊明治十九年ころより日本主義台頭、国文学・和歌文学が勃興しはじめる。

一八九一年(明治二十四年)　**九歳**　この年小学校合併のため堀田村半郷尋常高等小学校に移る。一月七日妹なを出生。二月二日、祖父伝右衛門没。

＊十一月、落合直文「新撰歌典」刊。

一八九二年(明治二十五年)　**十歳**　上山尋常高等小学校高等科に進学、金瓶部落より四キロの道を通学する。

一八九六年(明治二十九年)　**十四歳**　上山尋常高等小学校卒業、七月父に伴われて湯殿山に参拝。八月二十五日、父と共に上京。仙台から汽車に乗り上野着。浅草区(現在台東区)東三筋町五四番地に浅草医院を開業の斎藤紀一方に寄寓。親戚で再従兄弟《またいとこ》の関係なり。九月東京府立開成尋常中学第五級(第一学年)に編入学。

＊幸田露伴「風流微塵蔵」が続々と二十八年から二十九年にかけて出版。

一八九七年(明治三十年)　**十五歳**　夏期休暇に郷里に帰省。

一八九九年(明治三十二年)　**十七歳**　斎藤紀一経営の東都病院、神田区(現千代田区)和泉町一番地に生活。夏期休暇に帰省。

＊三月、根岸短歌会成立。十一月、東京新詩社結成。

一九〇一年(明治三十四年)　**十九歳**　三月、開成中学校卒業。六月二日、紀一長男西洋が生まれた。七月、第一高

等学校入学試験うまくいかず、受験準備に通学。前年末斎藤紀一ドイツに留学。

＊八月、与謝野晶子「みだれ髪」刊。

一九〇二年(明治三十五年)　**二十歳**　九月、第一高等学校第三部に入学。入寮し中寮七番室に起居。同寮に高野六郎・茅野蕭々・平野万里などがいた。

＊五月、正岡子規「病牀六尺」。六月、与謝野鉄幹「新派和歌大要」。九月十八日、正岡子規病没。

一九〇三年(明治三十六年)　**二十一歳**　一月、斎藤紀一帰朝。精神科専門に転じ、和泉町に帝国脳病院を創設。この年チフス発生のため退寮し和泉町の病院に暮らす。

＊一月、「比牟呂」創刊。五月、藤村操が日光華厳滝投身自殺。六月、「馬酔木」創刊。

一九〇四年(明治三十七年)　**二十二歳**　二月、日露戦争始まり、長兄・次兄が出征。夏帰省。

＊十一月、正岡子規「竹の里歌」(俳書堂)刊。

一九〇五年(明治三十八年)　**二十三歳**　一月、神田石垣貸本店から「竹の里歌」を借りて読み、作歌を志す。二月から六月にかけて「読売新聞」の募集和歌に投稿。八月、雑誌「馬酔木」をはじめて読んだ。六月、第一高等学校卒業。七月、斎藤輝子の婿養子として入籍。九月、東京帝国大学医科大学に入学。

＊一月、旅順開城。三月、「山上湖上」(みづほのや、山百合)刊。五月、日本海海戦、五月、石川啄木「あこがれ」刊。九月、窪田空穂「まひる野」刊。十月、日露平和条約成る。

一九〇六年(明治三十九年)　**二十四歳**　三月、はじめて伊藤左千夫を本所茅場町三丁目の自宅に訪問。「馬酔木」第三巻第二号に歌五首はじめて載る。四月八日、歌会で香取秀真《ほつま》・蕨真《しん》・長塚節・三井甲之・石原純らとはじめて会う。また後に、赤木格堂・平福百穂・胡桃沢勘内などと相識った。夏に帰省。

＊「文章世界」創刊。左千夫「野菊の墓」(ホトトギス)。

一九〇七年(明治四十年)　**二十五歳**　五月、上京中の古泉千樫と左千夫宅で会う。七月以後、新聞「日本」(左千夫選)に投稿。九月、青山南町五丁目八一番地青山脳病院に転住。

＊三月、観潮楼歌会始まる。第一次「新思潮」創刊。

一九〇八年(明治四十一年)　**二十六歳**　医科大学の修学旅行で塩原温泉に遊ぶ。「塩原行」五十首は「赤光」に収められているが、茂吉独自の歌風があらわれる。一月、「馬酔木」廃刊。二月、「アカネ」刊行、茂吉の歌掲載。十月、千葉県山武郡睦岡村、蕨真方から「阿羅々木」(アララギ)創刊、左千夫が編集。

＊十一月「明星」廃刊。

一九〇九年(明治四十二年)　**二十七歳**　一月九日、森鷗外の「観潮楼歌会」に列席。与謝野鉄幹・上田敏・木下杢太郎・吉井勇・石川啄木と会同、次いで佐佐木信綱・北原白秋・平出修らとも相識った。五月、徴兵検査、丙種合格。九月、「アララギ」は東京に移り編集発行人は第二巻第一号より伊藤左千夫となる。柿の村人(島木赤彦)の「比牟呂」合同。十一月、チフスにかかり入院し、十二月二十八日退院。堀内卓造・中村憲吉・土屋文明と識る。養父紀一が外遊。

＊一月、「スバル」創刊。十月、「屋上庭園」創刊。

一九一〇年(明治四十三年)　**二十八歳**　十二月、東京帝国大学医科大学卒業。

＊五月、大逆事件。三月、前田夕暮「収獲」刊。九月、吉井勇「海ほがひ」刊。十月、「短歌滅亡私論」(柴舟)。

一九一一年(明治四十四年)　**二十九歳**　一月、帰省して母の病気を見舞った。二月、東京帝国大学医学部副手、付属医院医員嘱託となる。この年より呉秀三教授・三宅鉱一助教授のもとに精神病学を専攻。七月、東京府巣鴨病院医員嘱託。八月帰省、蔵王山に登る。この年より大正三年まで「アララギ」編集を担当、誌上に「童馬言」「短歌小言」など活発な歌論活動をはじめる。「童馬」は「童牛不服、童馬不馳」からとった。島木赤彦(柿の村人)と識った。

＊一月、幸徳秋水ら死刑。九月「車前草」創刊。十一月、「朱欒」創刊。

一九一二年(明治四十五年、大正元年)　**三十歳**　十一月、東京帝国大学医学部助手。付属医院勤務を命ぜられた。

＊七月、明治天皇崩御。大正と改元。八月、「梁塵秘抄」刊。

一九一三年(大正二年)　**三十一歳**　五月、生母いくが没した。「死にたまふ母」の連作ができた。郷里に帰省。七月、伊藤左千夫没。「アララギ」十月、第一歌集「赤光」(アララギ叢書第二篇)を東雲堂より刊行。

＊一月、北原白秋「桐の花」刊。七月、島木赤彦、中村憲吉「馬鈴薯の花」刊。九月、「生活と芸術」創刊。

一九一四年(大正三年) **三十二歳** 四月、紀一長女輝子(明治二十八年十二月十一日生)と結婚。五月、信州より島木赤彦上京、小石川区(文京区)上富坂町いろは旅館に止宿。

*第一次世界大戦始まる。四月、「水甕」創刊。五月、「国民文学」創刊。

一九一五年(大正四年) **三十三歳** 一月、伊豆に静養。八月、妻とともに茨城県磯原・大津に滞在。十一月、祖母ひで没し帰郷。郷里で結城哀草果とあう。

*アララギ発行所いろは館に移り、赤彦編集に当たる。三月・四月、「赤光」批評号、六月「長塚節追悼号」が出る。二月、長塚節福岡で病死。八月、北原白秋「雲母集」刊。

一九一六年(大正五年) **三十四歳** 三月、長男茂太誕生。四月、「短歌私鈔」(白日社)刊行。七月、実父の病を郷里に見舞い、吾妻山高湯温泉に遊ぶ。

*十一月、中村憲吉「林泉集」刊。

一九一七年(大正六年) **三十五歳** 一月、東京大学助手、付属病院勤務を退く。四月、「続短歌私鈔」(岩波書店)刊行。十月箱根に遊ぶ。十二月、長崎医学専門学校教授となり赴任。長崎市金屋町二一番地に居を定める。県立長崎病院精神科部長を兼ねる。四月、養父紀一、山形県より衆議院議員総選挙に立候補し当選。三井甲之と論争。

*十月、「短歌雑誌」創刊。十一月、ソビエト革命。

一九一八年(大正七年)**三十六歳** 長崎市東中町五四番地に転居。夏、阿蘇・別府・耶馬渓・筑後川に遊ぶ。

一九一九年(大正八年) **三十七歳** 一月、東京に帰り医学実験。四月、東京医学会に出席。四月、「紅毛船」創刊。第四号より寄稿。五月、長崎を訪れた芥川龍之介・菊池寛とはじめて会う。八月、「童馬漫語」(春陽堂)刊行。夏、同僚と島原・熊本に遊び阿蘇山に登る。秋、温泉嶽に旅行。十月下旬平戸に遊ぶ。十一月、妻と茂太長崎にくる。

*四月、「改造」創刊。口語歌運動盛んになる。

一九二〇年(大正九年) **三十八歳** 一月、「アララギ」に「短歌における写生の説」を連載。流行性感冒で臥床。六月、喀血、入院、温泉嶽・唐津など転地療養、十月、病癒えて出講。歳末から翌年一月にかけて妻とともに九州各地を歴訪した。

*六月、赤彦「氷魚」刊。九月、「左千夫全集」第一巻刊。十二月、「文章世界」廃刊。

一九二一年(大正十年) **三十九歳** 歌集「あらたま」(春陽堂)刊行。二月、文部省在外研究委員を命ぜられた。三月、長崎の職をやめ四国を経て中村憲吉・佐原窿応と会い帰京。五月、郷里に帰り、八月、長野県富士見に滞在静養した。十月、「アララギ」は「あらたま批評号」を刊行。十月二十八日、熱田丸で横浜を出発し、十二月十四日、マルセイユ着、パリを経てベルリンに着く。十一月、改選「赤光」(春陽堂)刊行。

*二月、第六次「新思潮」刊。十一月、原敬暗殺さる。

一九二二年(大正十一年) **四十歳** 一月ウィーン着、神経学研究所に入り、マールブルクの指導を受ける。

*一月、川田順「山海経」刊。七月、森鷗外没。週刊「朝日」「毎日」など創刊。ロシア革命の影響をうけ、労働運動起こる。七月、日本共産党結成。

一九二三年(大正十二年) **四十一歳** 六月、イタリアに単独旅行。七月、ミュンヘンに移りシュピールマイヤー教室にはいる。七月二十七日、実父守谷伝右衛門病没。九月、関東大震災の報に接す。

*一月、「文芸春秋」創刊。三月、「竹乃里全歌集」(茂吉・千樫編)九月一日、関東大震災。十一月、ミュンヘンでヒットラー事件勃発。

一九二四年(大正十三年) **四十二歳** 四月、ドナウ河源流を訪ねた。五月、論文完成し、六月、ドイツ各地を歴訪、七月二十二日ミュンヘンを去り、パリで渡欧の妻輝子と会し、欧州各地をともに歴遊する。十月二十四日医学博士の学位を受く。十一月三十日、榛名《はるな》丸で帰国。十一月末、東シナ海船上で青山脳病院全焼の急電に接した。

*四月、「日光」創刊。五月、赤彦「歌道小見」刊。十月、「太虚集」刊。十二月、木下利玄「一路」刊。新感覚派文学運動起こる。

一九二五年(大正十四年) **四十三歳** 一月五日神戸着。二月、長女百子出生。四月、自選歌集「朝の螢」(改造社)刊。五月、木曽福島に旅行。赤彦と行をともにする。七月、比叡山上「アララギ」安居会に参会。十一月、長崎に行き、途中中村憲吉と会う。次いで信州上田で講演し帰京。病院再建のため心身を費やした。

*二月、木下利玄没。十一月、島木赤彦「万葉集の鑑賞及び其批評」刊。四月、普通選挙法公布。

一九二六年(大正十五年、昭和元年) **四十四歳** 三月二十七日に島木赤彦病没。四月、東京府松原村（現世田谷区松原町）に青山脳病院を再建し開院、これを本院と称し青山の診療所を分院と称した。「金槐集私鈔」(春陽堂)を出版。五月「アララギ」編集発行人となる。

*十月、古泉千樫「川のほとり」、釈迢空「海やまのあひだ」刊。十月、「アララギ」島木赤彦追悼号。十二月、大正天皇崩御、昭和と改元。

一九二七年(昭和二年) **四十五歳** 四月、紀一に代わり、青山脳病院長に就任。五月、次男宗吉（北杜夫）出生。六月、「アララギ」発行所を四谷区（現新宿区）右京町六番地に移した。八月、永平寺の「アララギ」安居会出席。信州各地に講演旅行をする。

*七月二十四日、芥川龍之介自殺。八月、古泉千樫没。十一月、日本歌人協会結成。

一九二八年(昭和三年) **四十六歳** 五月以降、石榑茂と論争。五月、仙台に講演に行き、結城哀草果と青根温泉に遊ぶ。六月信州へ行く。七月、出羽三山に参拝。十一月十七日養父紀一熱海で没す。

*三・一五事件（共産党大検挙）九月、新興歌人連盟結成。若山牧水没。十二月、「短歌戦線」創刊。

一九二九年(昭和四年) **四十七歳** 四月、「短歌写生の説」（鉄塔書院）「新訂金槐和歌集」(岩波文庫) 刊行。八月、改造社の全集のため「明治大正短歌史概観」を執筆。秋、信州各地講演行脚。十月、次女昌子出生。十二月、「現代短歌全集」第十二巻「斎藤茂吉集」を赤彦と合冊で刊行。十二月、「アララギ」発行所を赤坂区（現港区）青山南町六丁目二一番地に移す。

*七月、プロレタリア歌人同盟結成。

一九三〇年(昭和五年) **四十八歳** 三月、「アララギ」編集発行人をやめ土屋文明とかわる。同月以降、太田水穂と病雁論争をする。五月、長野県講演旅行。七月、長男茂太を伴い出羽三山と山寺に参詣。八月、高野山「アララギ」安居会に参会。帰途、飛鳥・吉野方面に遊行。同月「念珠集」（鉄塔書院）刊。十月以降、満洲の招きで満洲各地をまわる。帰途、中村憲吉の出迎えをうけ山陰を通り、十一月三十日帰京。

*一月、釈迢空「春のことぶれ」刊。

一九三一年(昭和六年) **四十九歳** 二月、仙台松島に遊

ぶ。四月、奈良・岡山方面に旅す。五月、流行性感冒にかかり、熱海・那須に静養。八月、長野県大町大沢寺「アララギ」安居会に参会。また、縁故深い佐原窿応上人近江蓮華寺で遷化。十一月、長兄守谷広吉没。帰省。

＊一月、「短歌新聞」創刊。八月、「歌壇新報」創刊。九月、満洲事変勃発。プロレタリア短歌詩への解消おこる。

一九三二年(昭和七年) **五十歳** 三月、徳富蘇峰古稀祝賀会出席。八月、「短歌講座」(改造社)に「短歌声調論」執筆。同月、北海道・樺太方面旅行。十月、「アララギ」満二十五周年。

＊一月、上海事変勃発。三月、満洲国建国宣言。呉秀三没。五月、五・一五事件。十月、「短歌研究」「日本短歌」創刊。

一九三三年(昭和八年) **五十一歳** 一月、「アララギ」二十五周年記念号に「二十五巻回顧」を執筆。同月と三月、上山温泉に行く。五月、「新選秀歌百首」刊。七月、岐阜長良川に遊ぶ。八月、比叡山「アララギ」安居会参会。九月、妻輝子と信州に行楽。十月、「柿本人麿私見覚書」執筆。秋田に百穂を見舞う。

＊三月、日本国際連盟脱退。五月、滝川事件。十月、平福百穂病没。

一九三四年(昭和九年) **五十二歳** この年自ら戒名をつくる。一月と三月、山形・上山に行く。七月、文明と南紀に行き、単身人麿研究のため石見《いわみ》に赴く。実弟の計画で蔵王山上に歌碑建立。十一月「柿本人麿」(岩波書店)刊。十二月、岩波茂雄の仲介で幸田露伴とはじめて会う。

＊五月五日、中村憲吉没。八月、ヒットラー総統に就任。

一九三五年(昭和十年) **五十三歳** 四月、中村憲吉墓参。ふたたび人麿地理の調査を実施。夏、箱根強羅に滞在、人麿評釈に没頭。五月、「アララギ」発行所を青山五丁目八〇番地に移転。十月、「柿本人麿」(鴨山考補註篇)刊行。同月「鷗外全集」編集委員となる。十一月、大和各地を巡歴。

＊天皇機関説問題、国体明徴問題起こる。

一九三六年(昭和十一年) **五十四歳** 夏、箱根滞在し十月木曽方面に遊ぶ。

＊二月、二・二六事件勃発。十月、日独防共協定締結。

一九三七年(昭和十二年) **五十五歳** 五月「柿本人麿」(評釈篇巻之上)(岩波書店)刊行。改造社の「新万葉集」選

者となる。人麿地理踏査のため山陰・四国・内海・大和を巡る。六月、藤原宮御井調査のために行く。帝国芸術院会員となる。十月、富士見の赤彦歌碑除幕式並びに追悼会に列席。この年郷里宝泉寺に墓を造営「茂吉之墓」の文字をこの折書く。

＊二月、文化勲章制定。七月、日中戦争勃発。十一月、日独伊防共協定調印。十二月、南京陥落。

一九三八年(昭和十三年) **五十六歳** 「アララギ」表紙西洋美術解説執筆。五月、信州上諏訪に行く。十一月、「万葉秀歌」解上・下二巻（岩波書店）刊行。

＊二月、人民戦線事件第二次検挙。四月、国家総動員法公布九月、「新万葉集」完結。「長塚節研究」（茂吉他）刊行。

一九三九年(昭和十四年) **五十七歳** 二月、「柿本人麿」(評釈篇巻之下)(岩波書店) 刊。五月、島根県鴨山調査。六月、「平賀元義歌集」(杉鮫太郎共編)(岩波書店)刊行。七月、蔵王登山、熊野岳頂上の歌碑を見る。夏、強羅に滞在。十月、鹿児島県の招きで高千穂峰・古代山陵をめぐる。

＊三月、スペイン内乱。五月、ノモンハン事件。七月、アメリカ日米通商条約破棄の通告。九月、ドイツ軍ポーランド進駐、第二次世界大戦始まる。戦争文学・国策文学流行する。

一九四〇年(昭和十五年) **五十八歳** 三月、歌集「寒雲」(古今書院」刊。「柿本人麿」の著作に対し帝国学士院賞授与。六月、歌文集「高千穂峰」(改造社)・歌集「暁紅」(岩波書店) 刊。十月、山形県温海・酒田方面旅行。十二月、「柿本人麿」(雑纂篇)(岩波書店) 刊行。

＊六月、ドイツ軍パリ入城。十一月、大日本歌人協会解散。十一月、紀元二千六百年式典。

一九四一年(昭和十六年) **五十九歳** 三月、千葉県白浜方面に遊ぶ。四月、随筆集「砂石」(新声閣)刊。下旬、佐渡旅行から弥彦山に登り、赤湯・上山・蔵王高湯をめぐる。五月、土屋文明とともに中村憲吉追悼歌会出席のために大阪に行く。七月から九月まで箱根山荘に滞在執筆。十一月、愛知県・岐阜県に行く。十二月八日、太平洋戦争が始まった。

＊四月、日ソ中立条約。十月、東条内閣成立。十二月八日、太平洋戦争勃発。十二月、文学者愛国大会。

一九四二年(昭和十七年) **六十歳** 二月、歌集「白桃」(岩波書店) 刊。上山から大石田を訪ねる。七月、短歌読本「伊藤左千夫」(新声閣)・八月、「伊藤左千夫」(中央公論

社）を刊行。七月から九月まで、箱根山荘に滞在し「正岡子規」「作歌四十年」を執筆。十一月、「斎藤茂吉歌集批評特集号」（「アララギ」）。

＊二月、シンガポール陥落。五月、与謝野晶子没。日本文学報国会結成。六月、ミッドウェー海戦。七月、「愛国百人一首」（日本文学報国会）。十一月、北原白秋没。

一九四三年（昭和十八年） **六十一歳** 七月から九月、箱根山荘滞在執筆。十月、「小歌論」（第一書房）刊。長男茂太、宇田美智子と結婚。十一月、「源実朝」「のぼり路」（岩波書店）刊。十二月、「正岡子規」（創元社）刊。

＊一月、短歌新聞廃刊。三月、大日本言論報国会成立。九月、イタリア降伏。十一月、大東亜会議。

一九四四年（昭和十九年） **六十二歳** 二月、長男茂太応召。七月から八月、箱根山荘行。敗戦前の強羅行の最後となった。七月、「童馬山房夜話第一」、九月、「同第二」（八雲書店）刊。十一月、長女百子、宮尾直哉と結婚。

＊一月、横浜事件。六月、「短歌研究」終刊。「改造」休刊。七月、「中央公論」休刊。東条内閣総辞職。サイパン全滅、九月、フィリピンに米軍上陸。十一月、「短歌研究」改巻復刊。B29東京空襲始まる。敗戦の色濃し。十二月、「アララギ」休刊。

一九四五年（昭和二十年） **六十三歳** 戦局不利、東京空襲となる。二月下旬、疎開打ち合わせのため上山に赴き、四月、単身疎開、金瓶の斎藤十右衛門方に身を寄せた。同月、「文学直路」（青磁社）刊。四月、歌集「浅流」刊。五月二十五日の空襲で青山の自宅・病院焼失。六月、妻と次女金瓶に来る。八月十五日、第二次世界大戦が終わった。九月、「アララギ」復刊。

＊一月以降、本土空襲熾烈を加う。五月、ドイツ軍無条件降伏。八月、ポツダム宣言受諾、日本降伏。終戦の大詔渙発。東久邇内閣成立。連合軍進駐始まる。十月、「潮音」「多磨」復刊、民主主義文学運動勃興。

一九四六年（昭和二十一年） **六十四歳** 一月下旬、単身大石田町に移る。二月一日から二藤部兵右衛門の離れ（聴禽書屋）に起居。三月、「童馬山房夜話第三」（八雲書店）刊。同月中旬、左肋膜炎にかかり五月上旬まで病臥の生活をつづく。四月、選集「浅流」（八雲書店）刊。同月、孫茂一（茂太長男）出生。御歌会始選者。十月、「童馬山房夜話第四」（八雲書店）刊。このころ盛んに絵を描く。

＊五月、「国民文学」復刊。十一月、桑原武夫「第二芸術論」

（世界）十一月、新憲法公布。当用漢字現代かなづかい公布。

一九四七年（昭和二十二年）　**六十五歳**　一月、「短歌一家言」（斎藤書店）刊。四月以後、酒田・上山・秋田・金瓶・空内など訪れ、猿《さ》羽根《ばね》峠や最上川などを訪ねる。四月、「作歌実語鈔」（要書房）「万葉の歌境」（青磁社）刊。七月、「童牛漫語」（斎藤書店）八月、「遠遊」（岩波書店）刊行。八月、東北御巡幸の天皇に上山村尾で拝謁し短歌について言上する。十月、昭和二十三年度御歌会始選者となる。十一月三日、板垣家子夫につきそわれて大石田を後にして上京、世田谷区代田一丁目四〇〇に落ちつく。同月、自編の「幸田露伴集」（東方書房）刊。

＊一月、石原純没。三月、六三制教育実施。四月、日本国憲法施行。七月、幸田露伴没。十一月、東京裁判。

一九四八年（昭和二十三年）　**六十六歳**　一月、養母ひさ没。二月、孫章二（茂太次男）出生。四月、歌集「遍歴」（岩波書店）刊。五月、岐阜・高山に遊ぶ。八月以降「朝日新聞」歌壇選者となる。十月、奈良・京都に行く。また山陰に足をのばし十一月帰京。

＊七月、雑誌「心」創刊。三月短歌雑誌「八雲」廃刊。六月、太宰治投身心中。十一月、東条元首相以下七名絞首刑の判決。

一九四九年（昭和二十四年）　**六十七歳**　二月、「茂吉小文」（朝日新聞社）三月、「島木赤彦」（角川書店）四月、新版「赤光」（千日書房）歌集「小園」（岩波書店）七月、「幸田露伴」（洗心書林）八月、歌集「白き山」（岩波書店）九月、「近世歌人評伝」（要書房）あいついで刊行。五月、皇居で芸術院会員として陪食。このころから肉体の衰弱目立ち始む。七月から九月まで箱根山荘に滞在。

＊七月、下山事件・三鷹事件。八月、松川事件。十二月、「新日本歌人」（「人民短歌」改題）創刊。

一九五〇年（昭和二十五年）　**六十八歳**　一月、歌集「ともしび」（岩波書店）刊。読売文学賞を受く。五月、校註「金槐和歌集」（朝日古典全書）六月、歌集「たかはら」（岩波書店）刊行。夏、強羅滞在中、心臓喘息の兆あらわる。十月十八日、次兄富太郎没。この日からにわかに気力衰う。十月、「明治大正短歌史」（中央公論社）十一月、歌集「連山」（岩波書店）刊行。十一月十四日、新宿区大京町二八二番地に転住。

＊六月、朝鮮動乱勃発。

一九五一年（昭和二十六年）　**六十九歳**　二月、発作により呼吸困難がつづく。孫恵子（茂太長女）出生。三月、「続明治大正短歌史」（中央公論社）刊。四月、「歌壇夜叉語」（中央公論社）六月、歌集「石泉」、十二月、歌集「霜」（共に岩波書店）相ついで刊行。十一月三日、文化勲章授与、かろうじて陪食に参内。

＊三月、金子薫園没。四月、マッカーサー罷免。四月、前田夕暮没。九月、サンフランシスコ講和条約および安保条約調印。十二月、岡麓没。

一九五二年（昭和二十七年）　**七十歳**　三月、第一回童馬会に出席。次男宗吉、東北大医学部卒業。四月二日、家族と新宿に出たが、これが最後の外出となる。四月二十七日、文化勲章受賞祝賀会開催、病軀のため欠席。五月「斎藤茂吉全集」第一回配本。「アララギ」出詠も六月で絶えた。十一月、文化功労年金受賞者に決定。

＊五月、皇居前メーデー事件。九月、矢代東村没。十月、第四次吉田内閣成立。

一九五三年（昭和二十八年）　**七十一歳**　二月二十五日午前十一時二十分、東京都新宿区大京町二二番地の自宅において心臓喘息のため逝く。享年、満七十年九月。二十六日、東京大学病理学教室で三宅仁博士執刀で解剖。二十八日、幡ヶ谷火葬場で荼毘《だび》。三月二日、築地本願寺で本葬。告別式。戒名「赤光院仁誉遊阿暁寂清居士」生前自撰のもの。五月、金瓶宝泉寺に分骨埋葬式。六月、東京青山墓地で埋骨式が行なわれた。最終歌集「つきかげ」は、門流の手により翌二十九年一周忌に刊行。

＊九月、釈迢空没。十月「アララギ」斎藤茂吉追悼号。

（付記…本文および年譜の人名は歴史的叙述のため、すべて敬称を略しました。）

参考文献

斎藤茂吉論　加藤将之　八雲《ぐも》書林　昭16・2
斎藤茂吉ノオト　中野重治　筑摩書房　昭16・6
斎藤茂吉研究　平野仁啓　構成社　昭18・4
斎藤茂吉の研究明治篇大正篇　山上次郎　明密書房　昭23・4 / 24・10
斎藤茂吉の人間と芸術　藤森朋夫編　羽田書店　昭26・1
斎藤茂吉　杉浦明平　要書房　昭29・11
斎藤茂吉研究　佐藤佐太郎　宝文館　昭33・10
茂吉と上ノ山　鈴木啓蔵　「山塊」発行所　昭33・6
斎藤茂吉（短歌文学読本）　山口茂吉　雄鶏社　昭33・7
茂吉秀歌の鑑賞　伊藤生更　日本文芸社　昭34・8
茂吉随聞（上・下・別巻）田中隆尚　筑摩書房　昭35・5 / 36・6
斎藤茂吉　古川哲史　有信堂　昭36・6
茂吉写生説の構造、写生語義篇　宇沢甚吾　東出版　昭37
斎藤茂吉　本林勝夫　桜楓社　昭38・5
茂吉の体臭　斎藤茂太　岩波書店　昭39・4
斎藤茂吉　上田三四二　筑摩書房　昭39・7
斎藤茂吉　米山利昭　明治書院　昭40・12
斎藤茂吉（日本文学アルバム25）　横田正知編　筑摩書房　昭36・3
斎藤茂吉資料　斎藤茂吉記念館建設実行委員会　昭40・7
快妻物語　斎藤茂太　文芸春秋社　昭41・9
窿応和尚と茂吉　黒江太郎　郁文堂書店　昭41・10
斎藤茂吉の恋と歌　山上次郎　新紀元社　昭41・10

さくいん

【作品】

【人名】

―完―

斎藤茂吉■人と作品　　定価はカバーに表示

1967年4月15日　第1刷発行©
2017年9月10日　新装版第1刷発行©

・著　者　…………片桐顕智《かたぎりあきのり》
・発行者　…………渡部　哲治
・印刷所　…………法規書籍印刷株式会社
・発行所　…………株式会社　清水書院

〒102-0072　東京都千代田区飯田橋3-11-6
Tel・03(5213)7151～7
振替口座・00130-3-5283
http://www.shimizushoin.co.jp

検印省略

落丁本・乱丁本はおとりかえします。

本書の無断複写は著作権法上での例外を除き禁じられています。複写される場合は，そのつど事前に，㈳出版者著作権管理機構（電話 03-3513-6969, FAX03-3513-6979, e-mail : info@jcopy.or.jp）の許諾を得てください。

CenturyBooks

Printed in Japan
ISBN978-4-389-40118-4

Century Books

清水書院の〝センチュリーブックス〟発刊のことば

近年の科学技術の発達は、まことに目覚ましいものがあります。月世界への旅行も、近い将来のこととして、夢ではなくなりました。しかし、一方、人間性は疎外され、文化も、商品化されようとしていることも、否定できません。

いま、人間性の回復をはかり、先人の遺した偉大な文化を継承して、高貴な精神の城を守り、明日への創造に資することは、今世紀に生きる私たちの、重大な責務であると信じます。

私たちがここに、「センチュリーブックス」を刊行いたしますのは、人間形成期にある学生・生徒の諸君、職場にある若い世代に精神の糧を提供し、この責任の一端を果したいためであります。

ここに読者諸氏の豊かな人間性を讃えつつご愛読を願います。

一九六六年

SHIMIZU SHOIN